Das Buch

»Ich leide unter Multitalentose. Ich kann tausend Sachen halb und keine ganz. Ich habe eine Million Hobbies und keinen Beruf. Soll ich eine Flasche Uhu trinken, damit mein Leben nicht auseinanderbröckelt? Heute Künstler, morgen Doktorand, übermorgen Trash-Model. Alle entscheiden sich für eine sogenannte Karriere, und du zappst dich überall durch. Sie leben ein Fernsehprogramm – du hast hundert zur Auswahl. Perfekt. Der Überflieger. Nur verlierst du irgendwann den Anschluß. Du schaltest um, und plötzlich fehlt dir der halbe Film.«
Kai, Marc und David sind angesagt in der Berliner Szene. Sie lassen kein Event aus, sind immer hip und dabei. Doch hinter der Fassade aus Selbstbewußtsein und Zielstrebigkeit lauern Unsicherheit und Angst. Aber Selbstironie und Humor helfen über alles hinweg, und jeder nimmt, was er kriegen kann. Im Zweifelsfall auch die Freundin des Freundes. Denn: »Zuviel Rücksicht macht einsam.« Ein Tagebuchroman in drei Stimmen.

Die Autoren

Alexa Hennig von Lange, Jahrgang 1973: Ihr erster Roman *Relax* erschien 1997, *Ich bin's* folgte 1999. Sie lebt in Hamburg und Berlin, hat eine Zeitlang die Kindersendung »Bim Bam Bino« moderiert und ist u.a. als Drehbuchschreiberin fürs Fernsehen tätig.
Till Müller-Klug, Jahrgang 1967, Studium »Drama, Theater, Medien« am Gießener Institut für Angewandte Theaterwissenschaft. Freier Autor und Slampoet seit 1996.
Daniel Haaksman, Jahrgang 1968, DJ, Produzent, Musikjournalist und Betreiber des Labels *Essay Recordings*. Studium der Amerikanistik und Kulturanthropologie, Kurator der Galerie »ffwd«.

Alexa Hennig von Lange
Till Müller-Klug
Daniel Haaksman

MAI 3D

Ein Tagebuchroman

List Taschenbuch

List Taschenbücher erscheinen im Ullstein Taschenbuchverlag,
einem Unternehmen der Econ Ullstein List Verlag GmbH & Co. KG, München
1. Auflage 2001

Umschlagkonzept: HildenDesign, München – Stefan Hilden
Umschlaggestaltung: Fabian Richter, Hannover
Titelabbildung: Steffi Zimmermann
Druck und Bindearbeiten: Clausen & Bosse, Leck
Printed in Germany
ISBN 3-548-60065-4

»For those about to rock, we salute you.«
AC/DC

1. TAG

Kai

Irgendwie bin ich gelangweilt. Es ist immer das gleiche. Morgens aufstehen, Tee trinken, auf dem Bett rumliegen, ein bißchen lesen, fernsehen, telefonieren, anziehen, in den Spiegel sehen, abends ausgehen, mit den Leuten rumlabern und nachts ins Bett gehen. Da kann man doch nicht von einem erfüllten Leben sprechen. Aber vielleicht ändert sich in diesem Monat alles. Vielleicht fängt mein Leben noch mal von vorne an und ich sehe alles mit ganz anderen Augen. Darum beginne ich, dieses Tagebuch zu schreiben. Damit ich sehen kann, wie sich alles entwickelt.

Als erstes gehe ich vor die Tür. Die Treppen runter, über den Hinterhof, durchs Vorderhaus, über die Straße zum Bäcker. Da kaufe ich ein belegtes Brötchen mit Käse. Aus dem Kühlfach nehme ich eine Dose Cola. Sonst trinke ich nie Cola. Aber irgendwas muß sich schließlich als erstes verändern.

Draußen ist es windig. Ich schmeiße das halbe Brötchen mit dem Käse in einen Abfalleimer, weil ich zwischen Käse und Butter ein Haar gefunden habe. Die Cola trinke ich schnell aus, obwohl ich den Geschmack nicht mag. Dann gehe ich nach rechts. Nein, doch lieber links. Über die Straße. Zum Mauerpark. Da laufen viele Hunde rum. Ich klettere den Berg rauf, setze mich auf eine Schaukel und gucke runter zu den alten S-Bahn-Gleisen. Hinter mir sprühen ein paar Jungs Graffiti an die Mauer vom Stadion.

Ich war noch nie im Stadion. Ich setze mich so auf die Schaukel, daß ich die Jungs mit ihren Sprühdosen begucken kann, und schaukle los. Ich will über die Mauer sehen. Geht nicht. Immer sehe ich nur bis zur Kante. Ich versuche es weiter und weiter, bis es dunkel ist, und dann ist mir schon wieder langweilig. Auf der Schaukel neben mir sitzt ein Mädchen mit einem karierten Rock und Kniestrümpfen. Sie hat dunkle, krause Haare und einen Pferdeschwanz.

Die Jungs sind schon lange weg. Nur das Mädchen bleibt einfach hocken, obwohl es jetzt schon richtig duster ist. Auf dem Boden vor der Mauer liegen haufenweise leere Dosen. Das Mädchen springt von ihrer Schaukel, läuft zur Mauer, hebt eine Sprühdose auf, schüttelt sie und drückt auf den Knopf. Ihre Hand ist rot. Und dann ist ein roter Abdruck an der silbernen Wand.

Ich pendle aus, steige auf eine Bank und ziehe mich hoch auf die Mauer. Im Stadion ist kein Mensch zu sehen. Das Flutlicht ist an. Der Rasen schimmert grün. Die Tore strahlen weiß zurück. Ich habe noch nie gerne Fußball gespielt. Laufen strengt einfach zu sehr an. Von oben sehe ich das Mädchen. Es hockt direkt unter mir, sieht zu mir hoch und lächelt mich an. Ihre Vorderzähne sind ausgefallen. Wahrscheinlich erste Klasse.

Marc

Heute morgen:

Ich schließ die Tür auf und laß den Kuckuck rein. Höflicher Mann. Schaut sich nach Wertsachen um. Bitte sehr. Kaffee? Er schüttelt den Kopf. Zieht den Reißverschluß seiner Aktentasche auf. Ein roter Kuli fällt auf den Boden. Ich bin schneller als er, reiche ihm den Stift. Er bedankt sich leise, dann pappt er seinen Aufkleber an die Flurkommode.

»Amtsgericht Mitte«, ein rundes Siegel ohne Kuckucks-Logo. Mit dem roten Kuli kritzelt er sein Kürzel drauf. Kleiderschrank. Wandspiegel. Bücherregal. Ich beobachte ihn bei der Arbeit. Er agiert wie ein Innenarchitekt. Schafft in meiner Wohnung freie Räume. Einverstanden. Ich liebe Leere. Durch eine neue Wohnung gehen, frisch gestrichener Fußboden, weiße Wände, sonst nichts.

Als Kind hab ich mich gern auf den Rücken gelegt und an die Zimmerdecke geschaut. Oben war jede Menge Platz zum Rumlaufen. Ein leeres, weißes Rechteck mit einem Stehlampengewächs in der Mitte. In den Stuckfeldern habe ich Hüpfkästchen gespielt. Stundenlang. Sofa. Küchenschrank. Omas Porzellanservice. Hi-fi-Möbel. Anlage. Boxen. »Ihr einziger Fernseher?« Ich nicke. Er auch. Die Glotze bleibt. Der Videorecorder geht. Mein schöner Panasonic. Darüber bin ich doch etwas traurig. Was soll ich jetzt mit meiner Videosammlung anfangen? Verschenken?

Ich verabschiede ihn, laß mich auf den Futon fallen und starre an die Decke. So leer wie oben ist es hier unten bald auch. Langsam fahre ich mit der Hand über das Laken. Ich muß lächeln. In der Latexfüllung knistert mein Dispo-Kredit. In Sicherheit gebracht, bevor die Bank ihn sperren konnte. Die Moskauer Methode. Ich stopf mir Scheine in die Tasche und geh raus auf die Straße zum Taxistand.

Aus dem Wagenfenster halte ich Ausschau nach dem Gerichtsvollzieher. An der Tram-Haltestelle steht er nicht. Vollzieher klingt so harmlos. Die sollten sich Vollstrecker nennen, dann wären sie erfolgreicher. Ich laß mich zum Kollwitzplatz fahren. Im *Gugelhof* studiere ich die Karte und bestelle ein Lachsfrühstück. Der Anblick der saftigen, rosaroten Scheiben auf der dunklen Holzplatte wirkt auf mich beruhigend. Geld ist pure Psychologie. Jede Bank geht pleite, wenn ihre Kunden Angst bekommen und alle auf einmal ihr Geld wollen. Einzig das Vertrauen der Kunden sichert der Bank das Überleben. Ich vertraue mir und meinem Futon.

David

Kopfschmerzen. Zuviel geraucht. Außerdem schwer verquollene Augen, von meinem Ohrensausen ganz zu schweigen. Mal wieder die volle Packung. Im *Kunst & Technik* steht man direkt unter der Box. Da bläst es den ganzen Abend und irgendwann merkt man es nicht mehr. Bässe sind in großen Lautstärken ja noch zu ertragen, selbst wenn die Hosenbeine flattern, aber die zischelnden Hi-Hats machen jedes Flimmerhärchen platt. Nur wenn man so richtig in Fahrt ist, die Kopfhörer für den Monitorcheck abwechselnd vom rechten aufs linke Ohr schiebt, macht man lauter, ohne es zu merken. Weil die nächste Platte zu leise aufgenommen ist oder man mit mehr Lautstärke unbewußt der Dramaturgie nachhelfen möchte. Oder der Spielerei wegen noch ein paar Mitten und Höhen rein. Und schon ist es einfach: Zu laut. Das merke ich aber meistens erst, wenn jemand aus dem Publikum kommt und sich über zuviel Höhen beschwert. Oder sich die Leute, wenn sie an den Boxen vorbeigehen, die Ohren zuhalten. Heute morgen habe ich den Salat. Leise summen meine Flimmerhärchen den Feierabend-Blues. Vielleicht sollte ich mir diese neuen Raumfahrer-Ohrenstöpsel zulegen. Die lassen nur ganz bestimmte Frequenzen ins Ohr und werden seit neuestem auch für Plattendreher angeboten. Weil, wie es heißt, das Gehör eines DJs so wichtig ist wie die Hände für einen Pianisten. Klingt bescheuert, ist aber eine Menge dran. Vielleicht schaue ich mir die Stöpsel mal an. Obwohl ich glaube, daß das bei mir nicht so viel bringt; dann mache ich instinktiv noch lauter. Wahrscheinlich ist mein Gehör sowieso total im Eimer.

Das ist mir neulich wieder aufgefallen, im *Lissania.* Da flog eine riesige Baßbox vom Podest und ich habe es nicht gemerkt. Ist mit einem Diaprojektor auf dem Buckel vor lauter Freude über all den Baß davonvibriert und lag irgendwann auf dem Boden. Die Box hat es überlebt, der Diaprojektor war flach wie eine Flunder. Ist zum Glück niemand erschlagen worden. Einmal »lebenslänglich« für zuviel Lautstärke, das wäre die Krönung. Ich habe davon aber wirklich nichts mitbekommen. Erst als Marc auf mich zukam und meinte, ich solle doch mal nach der einen Box schauen, ist es mir aufgefallen. Hat mich ganz schön erschreckt. Wie soll das nur weitergehen? Erst mal duschen.

2. TAG

Marc

Im Wandspiegel sieht es so aus, als hätte ich einen Button auf der Brust: Amtsgericht Mitte. Ich bin froh, wenn sie den ganzen Kram abholen. Diese Einrichtung hat ihr Haltbarkeitsdatum überschritten. Meine Klamotten auch. Zeit für einen neuen Look!

Zweihundert Mark später:

Gerade habe ich mir eine rote Pilotenjacke gekauft. In einem Geschäft für Berufskleidung. Echter Glücksgriff! Zuerst fiel mir nur das Schaufenster auf. Dekoriert als Baustelle. Die Schaufensterpuppen waren schwer am Schuften. In ihren ölverschmierten Händen hielten sie neonfarbene Preßlufthämmer. Die sahen aus wie Science-fiction-Waffen. Eine Puppe saß etwas abseits auf einem Steinhaufen und aß ein Butterbrot. Sie hatte die rote Pilotenjacke an und war die einzige, die lächelte. Ich probierte das Teil sofort an. Als ich mich damit im Spiegel sah, lächelte ich auch. Neue Jacke, neuer Lebensabschnitt. Ja, ich kann mein Leben nach Jacken einteilen. Schule: schwarze Jeansjacken. Studium: Lederjacken vom Flohmarkt und ein brauner Cerutti-Mantel. Illegales Party-Berlin: silbergraue Plastikjacke. Und meine jetzige Phase? Na ja, ich nenn sie mal: kreative Arbeitslosigkeit.

Auf dem Weg zum Einkaufen hätt ich mich fast mit dem Fahrrad überschlagen. Mir ist ein Brummer in die Nase geflogen. Die Luft ist voller Amok-Insekten. Das macht der Frühling. Nach sieben Berliner Wintermonaten endlich Licht! Da lebe ich sofort auf einem höheren Energie-Level. Natur-Doping. Ich bin den Prenzlauer Berg runtergezischt und habe die Fußgänger als lebende Slalomstangen benutzt. Unten am Alex traf ich meinen Kumpel Kai. Er hat den rechten Arm in Gips.

»Bin im Stadion von der Mauer gefallen.«

»Einfach so? Normal und nüchtern?«

»Komisch, was? Schreib mal Namen drauf!«

Ich krakelte auf seinen Gips und kam mir dabei etwas kindisch vor.

»Wie willst du damit modeln?«

»Is doch trashig oder hast du schon mal 'n Model mit Gips gesehen?«

»Klar, in der AOK-Werbung.«

Ich fuhr weiter. Am Alex strahlte der Astronauten-Opi John Glenn von der TV-Tafel. Ich brauch mich also nicht beeilen mit dem Berühmtwerden. Wenn bis dahin mein Futon mal zu hart wird, geh ich als erstes zu Kai. Der hat Geld und ist mein Freund.

Kai

Gestern hat sich tatsächlich etwas verändert. Ich habe mir den Arm gebrochen. Ich bin von der Mauer gefallen. Direkt ins Stadion, auf die Tribüne. Jetzt bin ich zum ersten Mal im Stadion gewesen. Das kleine Mädchen hat von der anderen Seite gerufen und ich habe gesagt: »Alles in Ordnung!« Dann ist der Platzwart gekommen und hat mich angeschrien. Vor dem hatte ich mehr Angst als vor meinem gebrochenen Arm. Der hing nämlich zwischen zwei Stühlen fest und sah nicht gut aus. Jetzt ist er eingegipst und Marc hat heute mittag schon seinen Namen draufgeschrieben. Obwohl das albern ist. In der Charité war es auch albern. Die Schwester hat den Gips viel zu dick gemacht. Jetzt sieht mein Arm aus wie ein unförmiger Seelöwe. Damit kann ich jemanden totschlagen.

Im Moment liege ich auf dem Bett und höre ein bißchen Musik. Im Hof quatscht irgend jemand rum und langsam wird die Zeit knapp. Marc wollte eigentlich noch anrufen, um mir zu sagen, wann das Theaterstück heute anfängt. Ein paar Bekannte von uns haben ein Stück inszeniert. Im Theater am Halleschen Ufer. Da wollen Marc und ich hin. Schließlich muß man ja mitreden können, wie einem das Stück so gefallen hat. »Twenty Minutes« heißt es. Mal sehen, was ich anziehe. Da muß ich mich schon ein bißchen schick machen. Marc zieht garantiert das Hemd an, das er bei so einem gemeinsamen Fotoshooting hat mitgehen lassen. Marc klaut eigentlich immer alles.

David, Marc und ich, wir jobben nebenbei als Trash-Models, weil unsere Gesichter im Moment extrem angesagt sind. Aber eigentlich sehen wir uns mehr als Künstler. Na ja. Künstler verdienen nicht so gut und darum arbeiten wir eben als Trash-Models und irgendwie finden das auch alle ganz cool, weil sie wissen, daß wir *in* sind.

Marc versucht gleichzeitig, durch Stipendien noch Kohle reinzukriegen. Das wäre mir zu anstrengend. Da finde ich schon besser, was David macht. Der legt Platten auf. Ich kriege Geld von meinen Eltern. Ich bin ja auch erst 24.

David taucht heute garantiert mit seinen neuen Kopfhörern auf. Die sind extrem schick und extrem teuer. Die Mädels fahren da ziemlich drauf ab. Die finden das sinnlich. Also muß ich sehen, daß ich da mithalten kann. Vielleicht lackier ich mir die Fingernägel blau. Das wäre doch dann wirklich abgefahren. Oder?

David

Ein komischer Abend. Das fing schon damit an, daß ich viel zu früh im Theater angekommen bin. Ich kann diese Strecken mit der U-Bahn einfach nicht abschätzen. Die Kasse noch zu. Etwas verloren im Vorraum herumgesessen und geraucht. Später nicht sonderlich überrascht, daß das wieder ein Klassentreffen wurde. Von den Absolventen der Gießener Institut für Angewandte Theaterwissenschaft und ihren Freunden. Marc natürlich auch dabei. Und Kai ebenso. Mit Gipsarm. Ist das ein neues Fashion-Accessoire oder hat er sich den Arm tatsächlich gebrochen? Bei Kai weiß man das ja nie. Diese Theater-Events sind schon seltsam: Da braucht nur einer von diesen Gießenern irgendwo ein Stück inszenieren und schon sind alle da. Ein richtiges social event war das. Schauspieler, Regisseure, Autoren, Theaterwissenschaftler. Knackevoll. Die Frauen in taillierten Mänteln, manche mit Turnschuhen, einige mit Stiefeln. Sind eigentlich immer ganz interessant angezogen, die Frauen bei solchen Veranstaltungen. Null designermäßig, eher so H&M plus ein paar wohlausgesuchte Secondhandstücke. Manchmal sind da richtig schöne Kleider dabei. Auf alle Fälle immer bunt. Die Männer eher langweilig. Wie immer. Viel Schwarz, Lederjacken, manche in Jacketts, komische bis unsägliche Schuhe meistens. Ein paar auch in so einer Art Clubwear, aber nicht sonderlich spannend kombiniert. Es wurde total viel geredet: *Schon lange nicht mehr gesehen. Wohnst du jetzt auch in Berlin? Den kennst du? Und wieviel kriegt man da die Stunde? Jaja, auch gelesen, fand ich aber nicht so gut ...* und: neue und alte Stories über Andreas T. Die unendliche Geschichte. Der Typ, über den immer und überall geredet wird, obwohl er total verschissen hat. Bei allen. The rise and fall of a great Theaterhoffnung. Und er ist voll selbst dran schuld. Leute schlecht behandeln, wahllos rumficken, mit Geld rumwerfen, zuviel Drogen nehmen – Rock 'n' Roll, aber die super unsoziale Variante. Langsam finde ich den Gossip über ihn langweilig. Er ist jedenfalls das Paradebeispiel dafür, was man bei einer Karriereplanung im Kulturbizness so alles falsch machen kann. Vor zwei Jahren habe ich ihn noch gemocht.

Heute abend sind alle wegen seiner Exfreundin da. Und wegen den ganzen Gießener Freunden, die vor und hinter der Bühne mitmachen. Die Aufführung: okay. Die beste des Abends auf alle Fälle. Da ging es nur ums Essen und um Männer, die nicht kochen können. Super war vor allem, daß die recht banalen Texte mit völlig absurden Filmsequenzen bebildert wurden, die man hinter den Performern auf eine Leinwand projizierte. Schöne Musik gab's auch und die kompakte Länge von einer halben Stunde war angenehm. Die beiden Stücke danach waren gräßliche Scheiße. Formalisten-Käse. Genau die Sachen, die ich am Theater immer hasse. Wenn man das Programmheft vorher nicht ausführlich studiert hat, versteht man überhaupt nichts. Unlustig. Langweilig. Zum Glück gab es beim letzten Stück eine amüsante technische Panne, sonst wäre ich glatt eingeschlafen. Danach natürlich noch repräsentieren, im Foyer. Glückwünsche, Komplimente und Küsse für das Stück. Französische Musik, lieblos aus einem CD-Ghettoblaster scheppernd. Und das soll eine Premierenparty sein? Rumstehen, reden. Seltsame

Stimmung. Hier wird niemand tanzen, wetten? Später dann doch wieder diese Frage: »Hast du nicht Lust, ein bißchen nach der Musik zu schauen?« Nein, habe ich nicht. Lieber Caipirinha trinken und mit ein paar Leuten quatschen. An der Bar entwickelt sich gerade ein Gelage mit den ganzen Gießenern. Kai und Marc mit zwei Girls. Als mich eine Frau wegen Andreas T. anspricht, muß ich dringend abhauen. Da lege ich mich doch lieber ins Bett und rauche einen Joint.

3. TAG

Marc

Was ich heute von gestern noch weiß:

»Twenty Minutes«-Premiere. Ich muß alle meine Drängelkünste aufbieten, um an eine Karte zu kommen. Oft ist der Kassenkampf das aufregendste am Theaterabend. Diesmal nicht. Ich kenne fast alle Leute auf der Bühne, bin also gespannt. Im Foyer treffe ich die multitalentierte Kathrin. Wie mein Leben ist auch ihres über die verschiedensten Branchen verstreut. Mal macht sie MTV, mal wissenschaftliche Studien über den Dichter Eduard Mörike. Von dem ist das Frühlingsgedicht auf der TIMOTEI-Flasche. Wir trinken einige Saure und diskutieren darüber, ob Multitalent ein vernichtender Virus oder ein Glückshormon ist. Kathrin trägt eine perfekt sitzende Safarihose. Fast egal, was sie anzieht, alles sieht an ihr wie maßgeschneidert aus. Dabei hat David mir erzählt, daß sie vor zwei Jahren dreißig Kilo mehr wog und als Teenie zwanzig Kilo weniger. Jetzt denkt sie nicht mehr drüber nach und das mit Erfolg.

Kai kommt dazu und zeigt uns sein allerneuestes Talent. Auf seinem Gipsarm serviert er drei Caipirinha. Virtuos. Wir stoßen an. Später schreibt Kathrin ihren Namen auf Kais Gips. Direkt neben meinen. Ihr Autogramm sieht lässig aus. Wie von einer Pop-Diva. Mein gekrakelter Name eher wie von einem Zehnjährigen. Ich kann nichts dagegen tun. Falls ich alt werde, hab ich bestimmt noch mit neunzig eine Kinderschrift. Ob das an meinem Charakter liegt?

Mein Erinnerungsfilm setzt erst mitten in der Aufführung wieder ein. Iris, Brad und Mascha stehen an der Rampe und sprechen in Mikrofone. Irgendwelche Geschichten von einem Essen. Plötzlich verstehe ich kein Wort mehr. Hinter ihnen auf der Videoleinwand setzt ein Düsenjet zur Landung an. Superzeitlupe. Auch die Geräusche. Tiefes Rumpeln wie Unterwasser. Das Ding fliegt zu tief. Reißt mit dem Fahrwerk den Flughafenzaun ein. Plättet die Landebahnlichter. Kommt direkt auf die drei zu. Jetzt startet der Jet noch mal durch. Gigantisches Rumpeln. Die nächsten Bilder sind von der Premierenfeier. Wie ich Iris und Mascha gratuliere. Später drei grellbunte Erinnerungsblitze aus *WMF, Sage Club* und *Maria.* Brad, wie er mit verzerrtem Gesicht an seiner Caipirinha zieht. Als wollte er den Eisschnee durch den Strohhalm saugen. Verwackelte Lichtstreifen einer Tanzfläche, vermutlich im *Sage Club.* Die Hand von Iris, in der zwei bunte Pillen liegen. Ich weiß nicht mehr, welche Sorte. Da muß ich Iris noch mal fragen. Ein Glück, daß ich in meinem Bett aufgewacht bin und nicht in einem Altglascontainer. Wenn alles gutgeht, finde ich Filmrisse ziemlich spannend. Mittags im Bett liegen und das eigene Leben zusammenpuzzeln wie einen Kriminalfall. Anrufe machen und Zeugen befragen. Sag mal, hast du mich letzte Nacht irgendwo gesehen? Wann war das? Ist dir was an mir aufgefallen?

Kai

Das mit dem Fingernägel-blau-Lackieren hat gestern nicht mehr geklappt, weil der Gips im Weg war. Aber das war für den Abend schon abgefahren genug. Ich habe den Mädels ziemlich leid getan und die haben auch gleich alle ihren Namen draufgeschrieben.

Jetzt liege ich wieder im Bett und überlege, wie ich das Theaterstück fand. Teilweise ganz gut. Besser war, daß alle da waren und meinen Gips gesehen haben. Irgendwie ein ziemlich trashiges Stück und das paßt ja auch ganz gut zur Situation. Drei Darsteller, oder Schauspieler auf der Bühne, vor einem Mikrofon. Über jedem der eigene Name auf Dia projiziert. Also über Iris stand Iris Klein, über Mascha Mascha irgendwas. Ich weiß nicht, wie die mit Nachnamen heißt, und über Brad stand Brad irgendwas. Ebenfalls keine Ahnung. Und dann haben die drei aus ihrem Leben erzählt. Ganz autobiographisch und das nennt man Trash. Obwohl ich eigentlich kein Verlangen hatte, so ungefiltert, so viele Wahrheiten über die drei zu erfahren. Zum Beispiel, daß Mascha zu viel gegessen und dann erbrochen hat.

Marc hat hinterher gemeint, daß die Geschichte von Mascha gelogen war. Vielleicht hat er das auch nur gesagt, weil er mal mit der zusammen war. Ich habe jetzt jedenfalls keine Lust mehr, mit der zu knutschen. Vorher schon. Mit der habe ich nämlich noch nicht geknutscht. Aber das wäre mir jetzt doch eine Nummer zu trashig.

Also habe ich gestern abend mit niemandem geknutscht. Außerdem war mir der Arm irgendwie im Weg. Da habe ich mich regelrecht behindert gefühlt.

Ich stehe jetzt auf und mache mir einen Kaffee. Sonst trinke ich nur Tee. Kaffee ist was für arme Leute, finde ich.

Ich habe echt ein Problem mit armen Leuten. Meine Oma ist extrem reich. Die hat ein Ferienhaus auf Föhr. Sie ist die Mutter von meinem Vater. Aber dem gibt sie kein Geld. Der soll sein Leben selbst finanzieren. Mein Vater ist auch reich. Meine Eltern haben ein Riesenhaus in Hamburg. Mit Riesengarten und kleinem Teich. Meine Eltern trinken auch keinen Kaffee. Nur Tee.

Ich glaube, ich gehe heute aus.

David

Beim Auflegen geht das ja noch, aber sonst ist das mit dem Konzentrieren wirklich ein ernsthaftes Problem. Heute war wieder so ein Tag, wo ich zu nichts gekommen bin. Zeitunglesen: 1 h. Dauernd klingelt das Telefon: mindestens 1 h. Heike war zufällig in der Gegend und klingelte kurz an der Tür, »Komm, wir trinken einen Kaffee«: 2 h. Kassette aufnehmen für Kathrin: 3,5 h. Obwohl eine Kassette nur 90 Minuten lang ist. Aber bis man erst mal all die Platten rausgesucht hat, eine sinnvolle Reihenfolge aufgestellt hat, vergeht schon locker eine Stunde. Wenn dann beim Mixen ein kolossaler Fehler passiert, so daß man nach zwanzig Minuten Aufnahme noch mal von vorne anfangen muß, dauert es richtig lange. Da sind 3,5 Stunden im Nu vorbei. Das muß man sich echt mal überlegen. 3,5 Stunden für eine 90-Minuten-Kassette. Ich habe schon Tapes gehört, da ging es drunter und drüber, Kraut und Rüben – und den Tapebesitzern hat es nichts ausgemacht. Mir schon, bei mir muß alles stimmen. Die Übergänge, das richtige Verhältnis von Track und Song, abwechslungsreiche Tempi, ein schmuckes Cover, irgendwo aus einer Zeitschrift herausgeschnitten – das macht ein gutes Tape aus. Am besten noch kunstvoll mit Letraset-Folie beschriften. Die ganze Mühe, ich glaube, das merkt keiner. Aber mir macht das ja Spaß. Und so geht ein Tag schnell vorbei. Noch essen – 1 h, Faxe schreiben, E-Mails lesen, in Zeitschriften blättern – 1 h. Peng – schon wieder Abend. Dann bin ich ein bißchen vor die Tür gegangen, ich mußte mich ablenken.

4. TAG

David

Als ich auf dem Klo sitze, fällt mir ein, daß heute Kathrins Geburtstag ist. Die erste Zigarette lindert sanft meine Kopfschmerzen. Erst entspannt sich meine Lunge, dann mein Darm. Eine halbe Stunde duschen, ein Spaziergang von Mitte zum Kollwitzplatz und meine Kopfschmerzen sind beinahe verschwunden. Doch obwohl ich schon fast eineinhalb Stunden wach bin, fühlt sich mein Gesicht immer noch total zusammengeknautscht an. Die THC-Überreste des Joints, den ich vorm Zubettgehen geraucht habe, lassen meine Gesichtsmuskeln offensichtlich noch immer in dem Glauben, ich würde schlafen. Schritt für Schritt gebe ich mir links und rechts kräftige Backpfeifen. Das sieht ziemlich komisch aus, aber ich fühle, wie sich meine Wangen langsam erwärmen und Blut in mein Gesicht steigt. Noch ein paar extreme Grimassen schneiden, die Augen ein paarmal gerollt, und mein Gesicht klart langsam auf. Später noch einen heißen Teebeutel auf die Augen drücken und ich müßte wieder einigermaßen fit sein. Daß das aber auch immer so lange dauert!

Plötzlich merke ich, daß ich gar kein Geschenk dabeihabe. Die Kassette, die ich Kathrin aufgenommen habe, ist in meiner anderen Jacke. In der, die ich gestern abend anhatte. Vielleicht sollte ich schnell eine Leerkassette kaufen gehen und mit irgendeinem Titel wie »Birthday Beats«, »Geburtstags-Funkies« oder

ähnlichem beschriften und ihr dann in die Hand drücken. Und wenn sie die dann einlegt und nichts zu hören ist, so tun, als habe es beim Aufnehmen irgendein Problem gegeben. Aber das ist ganz schön fies. Und nur aus Verlegenheit? Suso hat das wirklich mal gebracht. Hat der Beschenkten aber irgendwann ein richtiges Tape nachgereicht, sonst wäre das schon ziemlich verächtlich. Mir fällt spontan trotzdem nichts ein. Die Läden machen auch langsam zu. Muß wohl wieder zurück. Tut meiner Laune aber bestimmt gut. Unterwegs treffe ich Marc, mit schicken Ikebana-Zweigen in der Hand.
»Ich muß noch mal zurück, Geschenk vergessen!«
»Alles klar, bis später.«

Ich glaube, daß Marc ziemlich auf Kathrin steht. Wäre ja nicht der erste. Schon eine klasse Frau, aber auch voll anstrengend. Was die schon alles gebracht hat. Da werde ich immer wieder wütend, wenn ich darüber nachdenke. So total egomanisch, prinzessinnenhaft. Da krieg ich jedesmal voll die Krise und schalte auf stur. Das ist eine ganz seltsame Automatik. Ich glaube, das hängt mit meiner kleinen Schwester zusammen, die hatte auch immer solche Allüren. Die einzige Art und Weise, sich dagegen zu wehren, ist Sturheit. Und das wirft mir Kathrin tatsächlich auch immer vor. Doch ich kann nichts dagegen machen. Ich bleibe stur und bockig und zahle ihr nicht schon wieder das Taxi, wenn sie mal wieder zu faul ist, mit dem Rad zu mir zu fahren, oder sich auf Teufel komm raus amüsieren will, auch wenn auf der Party, auf der man gerade ist, schreckliche Leute sind und blöde Musik läuft. Trotzdem finde ich Kathrin total super. Weil sie voll schlau ist, sich nichts gefallen läßt, politisch aware ist, aber gleichzeitig total hedonistisch und hemmungslos lebt. Wenn sie feiern geht, dann nur, bis es hell wird, und mit allem, was so dazugehört. Im Bett ist es genauso. Wir streiten uns trotzdem andauernd. Ihre Freunde finde ich alle langweilig. Sehr belesene Leute, aber alle gewaltig einen Stock im Arsch. Und da können Leute noch so schlau sein, wenn sie nicht locker sind, interessieren sie mich nicht. Vielleicht sollte ich doch nicht auf diesen Brunch gehen. Da gibt es dann sowieso wieder nur diesen ewigen Businesstalk. So unpersönlichen Medien-Gossip. Branchen-Tratsch von Leuten, die nur als Freie arbeiten. Unerträglich finde ich das. Wenn man in keinem Büro arbeitet, muß scheinbar die ganze soziale Bürokommunikation, also auch so was wie Mobbing, auf solchen Veranstaltungen ausgetragen werden. Habe ich heute morgen eigentlich keine Lust zu. Und wenn ich es mir recht überlege, will ich mit Kathrin lieber privat feiern. Nur was soll ich mir jetzt als Ausrede einfallen lassen? Bin ja schon Marc auf der Straße begegnet. Erst mal nach Hause gehen, dann weitersehen.

Marc

Ich springe über einen Jägerzaun und schleiche durch den Vorgarten zum Kirschbaum. Vor Menschen hab ich keine Angst, nur vor Dobermännern. Nichts bellt, also breche ich drei Blütenzweige ab und verschwinde wieder. Auf dem Weg zum Kollwitzplatz trimme ich die Zweige mit meinem roten Taschenmesser. Sieht schön japanisch aus und kostet nichts. Auf der anderen Straßenseite kommt mir David entgegen. Er scheint es eilig zu haben und ruft etwas von einem Geschenk, das er noch besorgen muß.

Ich klingle bei Kathrin, dem Geburtstagskind. Sie freut sich über die Kirschblüten und küßt mich auf die Wange. Ich hätte große Lust, sie auch mal auf den Mund zu küssen. Sie stöbert in ihrer Rumpelkammer und findet eine Vase mit Samurai-Motiven. Ich bin beeindruckt. Ich möchte unbedingt mal nach Japan. Die Wohnung quillt über vor Gästen. Die meisten kenne ich. Am Frühstücksbuffet treffe ich den Vampir und Theaterregisseur Andreas. Er hat Ringe unter den Augen. Natürlich hat er nicht geschlafen und die Nacht durchgearbeitet. Ist ja normal bei Vampiren. Auch, daß sie totenblaß sind. Lächelnd manövriert er seine Lippen an meinen Hals, hat es aber nicht auf meine Schlagader abgesehen, sondern auf mein Ohr. Er massiert es mit einem angenehm kribbelnden Redeschwall:
»Inszenierung hier, Theatertreffen da. London, Paris, Tokio.«
»Tokio?«
»Ja, Tokio!«
»Ich liebe Japan!«

Sofort setzt er nach:
»Osaka. Haikus. Kirschblüten. Karaoke. Guitar Wolf! Nippon Airlines. Wir fliegen hin. Wir machen ein Projekt. Bingo! Kabuki meets Pop. Du bist dabei. Big Time ...«
Das Kribbeln in meinem Ohr wird immer aufregender. Inzwischen hat er seinen Teller weggestellt, um beide Hände zum Reden frei zu haben. Seine Finger zupfen an meinem T-Shirt, streicheln meine Oberarme, berühren meinen Bauch. Ich tauche ein in seinen Redefluß. Laufe mit ihm durch das funkelnde Tokio. Fühle mich besser und besser. Seine Zunge arbeitet unaufhörlich. Mein Ohr ist richtig gut durchblutet. Das warme Gefühl breitet sich über meinen Hals aus, fließt meine Schultern hinab. Sensationell. Da spüre ich plötzlich einen eisigen Schauer über meinen Rücken rieseln. Schnell schaue ich auf meine rechte Schulter. Andreas hat einen merkwürdig entrückten Gesichtsausdruck bekommen. Seine spitzen Eckzähnchen blitzen bedrohlich dicht an meinem Hals. »Schick mir deine Texte über Japan. Gib mir das Videospiel. Leih mir deine Psychedelic-CDs. Schenk mir deine Guitar-Wolf-Flyer ...« Gerade noch rechtzeitig reiße ich mich los und drücke ihm die Quarkschale in die Arme. Er taumelt gegen das Buffet. Ich laufe rückwärts von ihm weg zur Kaffeemaschine. Ein Becher heißer Schwarzer bringt mich wieder zur Besinnung.

Über den Becherrand beobachte ich Andreas' nächstes Opfer. Ein Fernsehsternchen mit Latzhose, Base-Cap und durchsichtiger Plastikhandtasche. Armes Ding. Bald wirst du in Tokio in einer Sushi-Bude für dein Rückflugticket schuften.

Kai

Gestern abend ging das mit dem Duschen einfacher. Da hatte ich ein Mädchen dabei und die hat mir nach vollzogenem Akt geholfen, mich abzuduschen. Wie ein Rennpferd in der Pferdedusche habe ich mich gefühlt. Da gab es mal so eine Fotoreihe in GEO darüber. Rennpferde in der Pferdedusche.

Als ich heute morgen aufgewacht bin, war das Mädchen nicht mehr da. Da war ich richtig erleichtert. Solche Nächte machen mich immer fertig. Ich glaube, ich muß damit aufhören. Ausgehen und irgendwelche Frauen mit nach Hause nehmen macht einfach depressiv und danach ist der ganze Tag im Eimer, weil man mal wieder viel zu intim mit einem fremden Menschen geworden ist. Das führt zu nichts. Außerdem habe ich dann immer das Bedürfnis, wieder und wieder duschen zu müssen, um mich zu säubern, und das ist anstrengend, wenn man einen Gipsarm hat. Darum bin ich dann auch viel zu spät zu Kathrins Geburtstag erschienen. Aber das war nicht so schlimm.

Iris war mit ihrem kleinen Sohn Viktor da. Der hat mit Käse um sich geschmissen. Bettina, die Schwester von Kathrin, die permanent irgendwelche Selbstversuche mit Drogen macht, hat mit ihrem neuen Freund unter dem Tisch rumgefingert. Und dann stand plötzlich Mascha vor mir. »Hi Mascha!« Mir ist direkt schlecht geworden, weil ich wieder an die Theater-Brech-Geschichte denken mußte. Ich habe sie dann trotzdem auf die Wange geküßt. Marc war auch da. Nur David nicht. Obwohl der, glaube ich, Musik auflegen wollte. Aber eigentlich waren sowieso schon wieder fast alle am Gehen. Irgendwie hatte ich auch gar nicht so große Lust auf die ganze Gesellschaft, weil es immer um das gleiche geht. Ständig wird über irgendwelche Kulturereignisse geredet und was jeder wieder »Tolles« geleistet hat. Ich weiß nicht. Ich habe da so eine ganz andere Einstellung. Ich finde, jeder soll seinen Kram machen und die Schnauze halten. Warum muß man sich denn ständig auf die Schulter klopfen und allen anderen klarmachen, was man für ein super Hengst ist? Ich zum Beispiel erzähle nie was über meine Arbeit. Darum war es mir auch total unangenehm, als Marc unsere Fotos vom letzten gemeinsamen Fotoshooting rausgezogen hat. Also, alle wissen, daß wir drei (David/Marc/ich) angesagt sind. Da muß man nicht auch noch den Beweis auf den Tisch packen. Marc war von sich selber aber so verzückt, daß er meine Einwände einfach überhört hat. Na ja, ich sah schon nicht schlecht aus auf den Fotos. Mascha hat sich dann auch gleich von hinten an mich rangedrückt und in meiner Hosentasche nach Feuer gesucht. Ich habe das Gefühl, Mascha will was von mir.

Nach einer Stunde bin ich wieder abgedampft. »Ciao, man sieht sich!« Mir war das alles zuviel. Keine Inspiration. Keine Nächstenliebe. Und Marc hat tatsächlich wieder etwas mitgehen lassen. Ein blaues Glas. Einfach in die Jackentasche gesteckt. Der schämt sich wirklich für gar nichts.

Ich bin noch kurz mit Viktor auf den Kollwitz-Spielplatz gegangen. Da war wieder dieses kleine Mädchen mit dem krausen Pferdeschwanz. Es hat Viktor an die Hand genommen und dann sind die beiden die Rutsche runtergerutscht. Für einen Moment habe ich mir vorgestellt, daß Viktor mein Sohn ist. Das erfüllte mich mit Ruhe. Es war so, als hätte ich mal was richtig Sinnvolles vollbracht.

5. TAG

Marc

Das Vampir-Frühstück bei Kathrin war der Downer. Umgeben von so vielen angeblich Erfolgreichen kam ich mir fast wie ein Verlierer vor. Das ist natürlich Schwachsinn. A: verbreiten die meisten nur heiße Luft und B: sind solche Gedanken für mich tabu. Wegen der Selffulfilling prophecy. Alles, was du glaubst, passiert auch. Davon bin ich fest überzeugt. Deshalb tu ich mir diesen Verlierer-Schrott gar nicht erst rein. Wenn es morgen früh bei mir klingelt und da stehen dreizehn schwarz gekleidete Gerichtsvollzieher – was soll's? Sag ich mir halt: Das sind meine Groupies und ich bin ein Death-Metal-Star. Solange du dir für dein Leben einen guten Film ausdenken kannst, ist alles im grünen Bereich. Schwierig wird es allerdings, wenn zwei Abtörner direkt aufeinander folgen. Gestern das Frühstück und heute das Fotoshooting für MAX:

Das Set ist ein Kinoklo in den Hackeschen Höfen. Ich werde ein bißchen geschminkt. Die Kostümfrau sucht einen engen, rotbraunen Pailletten-Anzug für mich aus. Den finden alle klasse, nur der Stuttgarter Fotograf nicht. Ist ihm zuviel Glam Rock. Flasche! Gerade hatte ich Freude an dem Teil gefunden. Er verpaßt mir eine schwarze Hose, oben soll ich nackt bleiben. Nun inszeniert er mit uns eine Klo-Szene, die penetrant nach Klischee stinkt.

Seine Fotostrecke soll den MAX-Lesern das hippe Berliner Nachtleben zeigen. Also stellt er fünf Leute, die sich nicht kennen, mittags in eine bunt beleuchtete Toilette, verteilt Champagner und Zigaretten und hofft, daß eine Party ausbricht. Komischerweise passiert nichts. »Zieh sie am Handgelenk in die Kabine!« Hektisch gibt er uns Zeichen und klemmt sich wieder hinter den Sucher. »Verführ sie! Trau dich!« Zögernd streck ich meine Hand nach dem Model aus. BLITZ. Eine rothaarige Romanistik-Studentin. BLITZ. Wir schauen uns flirtend in die Augen. BLITZ. Ich glaube, wir sind ein bißchen verliebt. BLITZ. BLITZ. BLITZ. Unsere Liebe dauert schon 4 Sekunden. BLITZ. Ich ziehe an ihrer Hand und sie verzieht den Mund. O nein! BLITZ. Es ist aus. BLITZ. Baby, gib uns eine zweite Chance. BLITZ. Bitte!

»Danke.« Mr. Stuttgart reißt die Filmkassette runter und reicht sie seiner Assistentin. Zwei der anderen Models hocken auf dem Waschbecken. Sie tauschen ihr Wissen über Handy-Tarife aus. Das dritte betrinkt sich. Während Mr. Stuttgart am Ringblitz schraubt, wechsle ich schüchterne Blicke mit der Romanistik-Studentin. Ich hab ihren Namen vergessen. Zu viele neue Leute hier. Sie ein zweites Mal zu fragen wäre mir peinlich. Schließlich hatten wir eine viersekündige Affäre. Die Assistentin schwenkt den Arm. Die Kamera ist wieder schußbereit.

Kai

Mit der Ruhe ist es jetzt eindeutig vorbei. Mir ist schlecht. Mein Leben hat sich drastisch geändert.

Vor ca. zwei Monaten hatte ich einen kleinen One-Night-Stand und das nur, weil ich mit Marc und David in so einem Club war und David unbedingt diese Sophie abschleppen wollte. David hat sich nämlich vorgenommen, bis zu seinem 32. Lebensjahr mit 200 Frauen zu schlafen. Das wollte ich ihm an diesem Abend erschweren und habe ihm das Mädchen abgeworben. Das habe ich jetzt davon. Eben ruft Sophie an. Sie ist schwanger. Ich hätte echt nicht ans Telefon gehen sollen. Ich meine, solche Momente kennt man ja aus dem Fernsehen, oder so was passiert irgendwelchen Idioten. Aber doch nicht mir! Jetzt ist es mir passiert und das bedeutet Veränderung. Ich weiß, ich wollte, daß sich alles ändert. Aber doch nicht so. Das inspiriert mich überhaupt nicht.

Ich will jetzt nicht Vater werden. Darum habe ich auch gleich Marcel angerufen. Der studiert BWL und aus irgendeinem Grund habe ich gedacht, er kann mir rechtlichen Beistand geben. Ich weiß nicht, wie ich auf die Idee gekommen bin. Jedenfalls hat Marcel gesagt, daß die Frau das Ding abtreiben soll. Wenn er sich vorstellt, jetzt Vater zu werden, würde er das kalte Grauen kriegen. Also rufe ich die Dame gleich an und sage ihr, daß es mir lieber ist, wenn sie das Ding abtreibt. Ich kann mich ja nicht mal mehr richtig erinnern, wie die aussah. Ich weiß nur eins: Sie hatte einen albernen, roten Cowboyhut auf. Echt. So richtig albern. – Von der will ich doch kein Kind.

Na ja, das habe ich davon. Das ist die Schuld von Viktor. Gestern habe ich so blöde auf dem Spielplatz zwischen den ganzen Gören rumgesponnen und gedacht: »Wäre das nett, einen Sohn zu haben!« Das hat Gott gehört und darum hat er mir jetzt einen Sohn geschickt. Ich werde auf der Straße enden, weil mir das Ding die Haare vom Kopf fressen wird. Und Sophie fordert bestimmt Alimente, weil sie keinen Bock auf Arbeit hat, und dann bricht alles zusammen und meine Eltern sagen: »Hättest du dir das nicht gleich denken können, als du ihren roten Hut gesehen hast? Das hätte doch Warnung genug sein müssen!«

Ich werde nie wieder mit einer Frau ungeschützten Geschlechtsverkehr haben. Außerdem hat Sophie behauptet, sie nimmt die Pille. Vielleicht muß ich dann ja gar nicht zahlen. Ich weiß nicht, ob ich jemals wieder klar denken kann. Ich rufe da jetzt mal an. Hoffentlich fängt sie nicht an zu heulen. Dann stehe ich nämlich richtig blöd da. Vielleicht hat sich Kurt Cobain ja deswegen umgebracht?! Der hat es auch nicht ertragen, Vater zu sein. Ehrlich! Versuch mal eine Courtney Love zur Abtreibung zu bewegen. Da rechne ich mir ja noch eher Chancen bei dieser hier aus. Die hat eine etwas feinere Nase. Mir ist schlecht.

David

»Knaackstraße«. Selten einen Straßennamen so lässig ausgesprochen gehört. Sachlich, direkt, aber brutal relaxt zugleich. »Knaackstraße«. Aussteigen, oder eben nicht. Ich schweife lieber spontan in sexuelle Phantasien ab. Spätestens bei der »Metzer Straße« ist es damit aber auch schon wieder vorbei. Das klingt eher auffordernd. Aufstehen und aussteigen bitte! »Rosenthaler Platz« mit seinen zahlreichen Umsteigemöglichkeiten macht dann alles gänzlich zunichte. Nur nüchternes Informationsgeschwafel. Aber »Knaackstraße« ist der pure Sex. Ein Hinweis in Dessous. Vielleicht hatte die Ansagerin hier mal eine Liebschaft. Vielleicht liegt es auch an der Kombination aus »K« und »N«. Das klingt sonor im Gaumen. Dort, wo auch die Seufzer herkommen. »Knaackstraße«. Seufz.

Wie sinnlich die Ansagen im öffentlichen Transport von Berlin sind, wird einem erst wirklich klar, wenn man einmal mit den Frankfurter U-Bahnen gefahren ist. Dort hören sie sich an, als hätte sie ein weiblicher Roboter gesprochen. Keine Emotionen, keine individuellen Nuancen. Kalt und trocken werden die Haltestellen und Umsteigemöglichkeiten durchgegeben, so als habe die Ansagerin ihre Informationen mit Halskrause ablesen müssen. Eigentlich kein Wunder. Denn wenn man ganz genau hinhört, stellt man fest, daß es sich um Tonbandmontagen handelt. Um den Etat nicht zu strapazieren und für künftige Streckenänderungen nicht jedesmal von neuem Textteile produzieren zu müssen, wurde eine Sprecherin von den Frankfurter Stadtwerken gebeten, einzelne

Buchstaben wie »U«, »S« oder Worte wie »Heerstraße«, »nach«, »umsteigen«, »Haltestelle« sowie Ziffern wie »1«, »9«, »7« aufzusagen. Ohne weiteren Zusammenhang. Einfach isoliert: »Neun«. Oder: »Bahn«. Und irgendein armer Wicht bei den Frankfurter Stadtwerken mußte daraus im Cut-Up-Verfahren Tonbandcollagen anfertigen, die den Fahrgästen die Route der Transportmittel erklären. »Nächste Haltestelle Willy-Brandt-Platz, umsteigen in die U-4 nach Preungesheim« zum Beispiel besteht aus acht Fragmenten. Beim »Willy-Brandt-Platz« geht das ja noch, aber an der »Hauptwache« oder der »Konstablerwache«, da mußte der Stadtwerke-Mann schwer schuften. Und warum? Damit die arme Ansagerin nicht die schätzungsweise sechshundert Verbindungen des Frankfurter Verkehrsverbundes aufsagen mußte. Das muß eine gewaltige Frickelei gewesen sein. In Frankfurt gibt es mindestens 8 U-Bahn-Linien, 30 Buslinien und dann noch die ganzen S-Bahnen, Straßenbahnen, Sonderfahrten usw. Dafür stand wahrscheinlich ein richtiges Büro zur Verfügung. Heute läuft ja alles per Computer, aber in den Achtzigern hat man das noch von Hand gemacht.

6. TAG

Marc

Ich liege ausgestreckt auf meinem Futon und fühle mich gevierteilt. Ich leide unter Multitalentose. Ich kann tausend Sachen halb und keine ganz. Ich habe eine Million Hobbys und keinen Beruf. Soll ich eine Flasche Uhu trinken, damit mein Leben nicht auseinanderbröckelt?

Neulich noch mit Kathrin diskutiert, ob es nicht ein super Film ist, wenn du alles mögliche kannst. Heute Künstler, morgen Doktorand, übermorgen Trash-Model. Alle entscheiden sich für eine sogenannte Karriere und du zappst dich überall durch. Sie leben ein Fernsehprogramm – du hast hundert zur Auswahl. Perfekt. Der Überflieger. Nur verlierst du irgendwann den Anschluß. Du schaltest um und plötzlich fehlt dir der halbe Film. Irgendwelche Typen erzählen dir, was du verpaßt hast. Was du zu tun hast. Was du zu lassen hast. Wie dieses Vampir-Wesen Andreas. Wie diese Dumpfbacke von Fotograf, Mr. Stuttgart. Schluß jetzt! Ich will heute noch was Sinnvolles tun. Ich steh auf, rasier mich und leih mir von Kai einen Arschvoll Geld.

Ich habe die Mutter meines zukünftigen Sohnes doch nicht angerufen. Dafür sitze ich seit gestern auf meinem Bett und gucke MTV. Inzwischen bin ich absoluter Fan von R. Kelly. Der nennt sich selber »The King of R & B«. So viel Selbstbewußtsein ist geil. Ich kaufe mir morgen die CD.

Eben hat Marc angerufen und gefragt, ob ich ihm Geld leihe. Er kann gerade seine EC-Karte nicht finden. Er kommt gleich vorbei. Ich mag es nicht, wenn sich jemand Geld von mir leihen will. Aber Marc hat gesagt, daß sein Konto randvoll ist. Er findet eben seine EC-Karte nicht. Ich habe Angst, daß ich mir später auch mal richtig Geld leihen muß, weil ich arbeitslos bin. Ich habe Angst vor der Zukunft. Die von der Model-Agentur haben auch schon länger nicht mehr angerufen. Vielleicht bin ich nicht mehr angesagt und keiner will mich mehr fotografieren. Dabei habe ich doch so einen schönen Gipsarm. Das ist doch der pure Trash. Aber was soll man machen, wenn die Leute keine Ahnung haben?!

Vielleicht setze ich mich gleich mal an einen Artikel fürs »Titi-Magazin«. Aber da kommt ja auch nicht so richtig Schotter rum. Mann. Das macht echt keinen Spaß. Immer wollen die Leute, daß man sich für low den Arsch aufreißt. Dabei finde ich meine Artikel ziemlich gut. Sowieso würde ich am liebsten die Kolumnen-Seite übernehmen. Da hätte ich richtig was zu erzählen. Über Frauen mit roten Cowboyhüten und ungewollte Vaterschaft und arbeitslose Trash-

Models mit Gipsarm. Alles direkt aus dem Leben gegriffen. Das wollen die Leute doch.

R. Kelly muß richtig reich sein. In dem einen Video, »Home alone«, schmeißen die mördermäßig mit Dollars um sich und in jedem Bild hat R. Kelly andere Klamotten an, so daß man echt neidisch werden könnte. Wirklich. Ich will auch so reich sein. Dann habe ich auch nichts gegen einen Extra-Sohn. Selbst wenn ich die blöde Sophie nicht weiter aufregend finde. Die sieht nicht mal gut aus, glaube ich. Ich verzeihe nämlich nicht gerne, wenn jemand nicht gut aussieht. Manche Leute sagen, daß ich oberflächlich sei. Aber warum soll ich lügen?! Man richtet sich sein Haus doch auch schön ein, weil man es schön haben will. Also will ich auch eine schöne Frau um mich haben. Ich wasche mir ja schließlich auch die Haare.

David

Herr Hawking liest »Le Figaro« und tut so, als studiere er die Aktienkurse. »Le Figaro« – das Erkennungszeichen. Wie in einem billigen Agentenfilm. Und das nur, weil ich mich über ein illegales Geschäft informieren möchte. Ich komme nämlich nicht dazu, mein Studium zu Ende zu bringen. »Der Hipster in seiner Epoche«, das habe ich mit meinem Prof. besprochen, soll der Titel meiner Magisterarbeit sein. Männliche Selbstinszenierung, der Wandel der Geschlechterrollen, die Avantgarden des Undergrounds, illustriert an Fallbeispielen in den musikorientierten Jugendkulturen seit 1940. So ungefähr war das umrissen. Da wußte ich noch nichts von den ganzen glamourösen Jobs, die mir plötzlich zufliegen sollten. Soundtrackberatung, Musik für Modenschauen, Remixaufträge. Es ist fast so, als falle mit meiner Meldung zur Magisterprüfung der Startschuß für ein glitzerndes Leben. Dabei sollte das doch erst nach der Prüfung losgehen.

»Darf ich mich zu Ihnen setzen?«

»Aber bitte!«

»Ich studiere Kulturanthropologie und habe mich kürzlich zur Prüfung gemeldet. Ein Freund sagte mir, Sie könnten mir helfen?«

»Kommt drauf an. Um was geht es konkret?«

Ich schildere ihm mein Thema und er erwidert lapidar:

»Kann ich noch nichts zu sagen, muß ich erst mal mit meinen Leuten besprechen. Eine Magisterarbeit kostet jedenfalls 15 000 Mark. Den Umfang bestimmen Sie. Sie zahlen vorher die Hälfte. In bar.«

Ob sich das rechnet? Keine Ahnung. Praktisch wäre es auf alle Fälle. Da müßte ich nur für die mündlichen Prüfungen lernen. Und könnte all die verlockenden Jobs machen, die mir plötzlich unter die Nase gerieben werden. Das darf natürlich niemand erfahren. Ist wirklich kriminell. Aber nach 20 Semestern Uni habe ich keine Lust mehr auf Bibliotheken, Bücherwälzen und stupide Materialsuche. Selbst für das Collagieren von Hausarbeiten aus dem Internet bin ich zu faul. Hey, meine Scheine habe ich trotzdem alle voll legal gemacht, nichts gefälscht. Ich meine, ich weiß ungefähr, was in der Kulturanthropologie in den letzten Jahren so diskutiert wurde. Da muß ich mich mit meiner Magisterarbeit jetzt nicht groß aus dem Fenster hängen. Nach der letzten Prüfung werde ich wahrscheinlich sowieso kein Buch mehr anfassen, das sich mit Kulturtheorie beschäftigt. So wie alle anderen, die ihren Magister gemacht haben. Außer denen, die Journalisten wurden, haben so gut wie alle nach ihrem M.A. ihre intellektuellen Bemühungen drastisch zurückgeschraubt. Couch-Potatoes sind manche geworden, andere schauen nur noch auf Computerbildschirme. Höchstens ein Moderoman wird hin und wieder geschmökert, ein paar Zeitschriften, das war's dann mit der Bildung. Komische Sache. Und dafür studiert man sieben Jahre.

Mein Gegenüber verabschiedet sich und wünscht mir alles Gute. Ich soll mich in der nächsten Woche melden. Er habe schon viele Leute zufriedengestellt, waren seine letzten Worte.

7. TAG

Marc

Die Kirschblüten haben sich geöffnet!

Kai

Heute morgen war ich beim Kieferchirurgen, weil mein Backenzahn entzündet war. Jetzt ist er gar nicht mehr da. Die Ärztin hat ihn mir einfach rausgebrochen. Das hat geknirscht. Jetzt muß ich meine Backe kühlen und fühle mich wie ein Vollidiot. Gebrochener Arm, dicke Backe und angehender Papi. Wirklich. Auf der Straße haben zwei Frauen hinter meinem Rücken blöde rumgeplappert: »Der war gerade beim Zahnarzt!« Ich mag das nicht, wenn die Leute hinter meinem Rücken über mich reden. Als würde ich die nicht hören. Da habe ich das Gefühl, daß ich nicht ernst genommen werde. Wenn man klein ist, nehmen einen die Erwachsenen auch nicht ernst und ständig quatschen sie über deinem Kopf über dich und du stehst unten und bekommst alles mit. Zum Beispiel habe ich mal gehört, wie die Mutter von meiner damaligen Spielkameradin meiner Mutter erzählt hat, daß Sandra ihre Tage bekommen hat. Ich meine, da fehlt doch der Respekt. Und so fühle ich mich jetzt auch, wenn die Leute hinter meinem Rücken reden. Als wäre ich ein kleines Bübchen. Jedenfalls tut mir mein Kiefer weh. So, als hätte mir jemand mit voller Wucht draufgehauen.

Am Nachmittag bin ich trotzdem in die Tillmans-Ausstellung gegangen, weil ich mich so unbeliebt gefühlt habe. Außerdem arbeitet da Rebecca, eine Freundin von David. Ich dachte, mit der kann ich vielleicht ein paar Worte wechseln, wenn schon den ganzen Tag niemand bei mir anruft. Nicht mal Marc. Obwohl ich dem das ganze Geld geliehen habe. So etwas finde ich echt nicht nett. Zuerst angebettelt kommen und hinterher so tun, als ob man sich nicht mehr melden muß. Da kriegt man echt schnell das Gefühl, daß man keine Freunde hat und daß niemand an einen denkt. Geht mir jedenfalls so.

Ich bin also zur Ausstellung und mein Kiefer hat extrem gepochert. Ich bin die Treppe von der Galerie hoch und die blonde Rebecca war tatsächlich da und hat in ihren grünen I-Mac gehackt. Sie ist gleich auf mich zu, als sie gemerkt hat, daß ich mir die Schwuli-Bilder von Tillmans angucke, und hat gefragt, wie mir die Sachen gefallen. Ich konnte mich nicht wirklich auf die Fotos konzentrieren, weil die so albern an die Wand gehängt waren. Ohne Rahmen. Nur mit Tesa und ganz komisch angeordnet. So einen Schnickschnack verachte ich. – Da könnte ich auch gleich wieder eine böse Kolumne drüber schreiben. Über albern aufgehängte Bilder! Aber mich läßt ja keiner! – Ich meine, wenn die Bilder gut sind, braucht man sie nicht so billig mit Tesa an die Wände zu kleben. Das hat mich geärgert. Vor allen Dingen, weil eins ganz weit unten an der Fußleiste klebte. Wer will sich denn bitte bücken? Ich nicht. Egal. Jedenfalls habe ich zu Rebecca gesagt, daß ich das alles ganz toll finde, damit sie nicht denkt, daß ich spießig bin. Nachher hat sie die Bilder da noch so schäbig hingeklebt.

Dann hat Rebecca ihren Namen auf meinen Gips geschmiert und mir in die Wange gekniffen. Das tat vielleicht weh. Aber ich habe lieber meinen Mund gehalten. Hinterher denkt die noch, ich bin ein Weichei. So was macht keinen guten Eindruck. Also habe ich Rebecca noch ein bißchen Honig ums Maul geschmiert und einen auf Dandy gemacht: »Du siehst echt toll aus!« – und Rebecca war ganz geschmeichelt. Tja, so etwas kann ich gut. Da bin ich in meinem Element. Leider ist dann David Arm in Arm mit der schwangeren Sophie zur Tür reingekommen und schon war es wieder vorbei mit meinem Hochgefühl. Menschlich sind die beiden ja voll auf der Strecke geblieben. Die haben mich einfach ignoriert und sich die Fotos angeguckt. Dabei haben sie albern rumgekichert und einen auf total vertraut gemacht. Vielleicht hätte ich einfach gehen sollen, aber das ging nicht, weil sich die beiden immer nach mir umgedreht und dann noch lauter gelacht haben. So etwas kann man nicht auf sich sitzen lassen. Da muß man einhaken. Ich habe Rebecca also ganz sweet angelächelt und gesagt, daß ich mal kurz etwas klären muß. Rebecca hat sweet zurückgelächelt und dann habe ich David und Sophie unterschwellig zur Rede gestellt.

Das heißt, ich habe mich ganz frech neben sie plaziert und gefragt, wie es geht. David hat einen auf ernst gemacht und cool gesagt: »Tja, wie man sich so fühlt, wenn man von einem Schwein geschwängert wird!« Ich dachte, ich trau meinen Ohren nicht, und Sophie hat David am Ärmel gezogen und so lolitamäßig gehaucht: »Komm, David, laß uns gehen!« Da habe ich dann aber doch gesagt: »Moment mal! Was mischst du dich denn da eigentlich ein, David? Das geht dich ja wohl überhaupt nichts an!« Da hat David so verächtlich gelächelt, so von oben herab, und hat gesagt: »Irgendwer muß sich ja um Sophie kümmern!« Dabei hat er ihr noch enger den Arm um die Schultern gelegt und ihr einen Kuß auf die Stirn gegeben. Dann haben sich die beiden umgedreht.

Das war echt zuviel. Wie aufgezogen habe ich David mit meinem Gipsarm einen übergezogen. Das tat vielleicht weh.

David

Durch den Kopfhörer dringen Fragmente einer Ansage. Rückstau wegen Baustelle oder falsch parkendem Auto. Am *Schwarzen Raben* steige ich aus und gehe weiter zu Fuß, obwohl ich lieber smooth gerollt werden möchte. Mit jedem Herzschlag donnert mir die Faust an den Unterkiefer, die mich vor kurzem unverhofft besuchte. Wenn ich langsamer laufe, tut es nicht ganz so weh. Mir geht es trotzdem beschissen. Es ist nicht nur der physische Schmerz, sondern vor allem diese Erniedrigung, in aller Öffentlichkeit eine runtergehauen zu bekommen – das tut weh. Und nur weil Kai damit nicht umgehen kann, daß ich mich mit seiner Braut gut verstehe. Okay, vielleicht war ich nicht allzu nett, aber das ist wirklich noch lange kein Grund, mir mit seinem Gips eine überzuziehen. Wo sind wir denn hier? Auf dem Fußballplatz? Die Brücke, die mir meine Zahnärztin neulich geleimt hat, hat es zum Glück überstanden. Aber mein Unterkiefer ist nicht aus Gold. Dieser Macho-Arsch. Seit ich mit elf Jahren im Schwimmbad von irgendeinem muskulösen Poser ein paar Faustschläge ins Gesicht bekommen habe, weil ich ihn beim Turmspringen nicht in der Warteschlange vorlassen wollte, hat mich niemand mehr geschlagen. Und jetzt so was. So ein Sucker! Aber Sophie ist mir halt sehr wichtig und wenn sie schlecht behandelt wird, muß ich mich einschalten. Konnte ja nicht ahnen, daß Kai so cholerisch reagiert. Der war doch eigentlich immer total ruhig.

Als der Aufzug steckenbleibt und die Lichter ausgehen, hört das Pochen in meinem Kiefer für einen kleinen Moment auf. Mein Gegenüber räuspert sich, das Licht geht wieder an und kurz danach steige ich aus. »Dr. Malvino ist in einer komplizierten Untersuchung, Sie sind aber gleich dran.« Schon in Ordnung. Laßt mich doch alle in Ruhe, ihr Arschlöcher! Jetzt schlechte Laune wegen dem Schmerz, der wieder zurückkommt. Und wegen meinem Mini-Disc-Player, der beim Sturz gestern abend wohl auch etwas abbekommen hat. Plötzlich macht der so komische Aussetzer. Manchmal einige Sekunden lang. Das nervt brutal. Kann nur noch Stunden dauern, so voll wie das hier ist. Jetzt Rachegedanken. Vor drei Monaten dachte ich mir noch, mit Sophie was anzufangen. Ist aber irgendwie nie dazu gekommen. Wir haben uns ein paarmal getroffen und wahnsinnig gut verstanden. Im Bett sind wir komischerweise nie gelandet. Vielleicht, weil wir beide geahnt haben, daß eine Freundschaft doch mehr bringt und daß wir das mit dem Sex lieber den anderen überlassen sollten. Sonst bin ich ja nie so, aber bei Sophie war das halt irgendwie anders. Und jetzt ist sie schwanger von Kai. So schnell kann es gehen. Arme Sau. Jetzt steht sie da und der Typ, der sie geschwängert hat, macht sich in die Hosen und schlägt um sich, wenn er sieht, daß sich andere Männer um sie bemühen. Ich blick das nicht. Sollte doch froh sein. Vater werden und dann auch noch mit so einer coolen Frau wie Sophie. Auf alle Fälle muß ich jetzt irgendeine Sanktion arrangieren. Kai kommt mir nicht mehr ins *INIT*, das schwöre ich! Vielleicht mal diesen Mario anrufen, von dem Tobias neulich erzählt hat. Kostet 600 Mark, kommt aus Braunschweig, macht jeden platt, ohne Ausnahme. Stellt keine Fragen, außer, ob man vielleicht ein Foto von der betreffenden Person hat. Damit es nicht den Falschen trifft. Oder es doch selber in die Hand nehmen? Nee, meine Arme sind nicht stark genug, außerdem ist prügeln Quatsch. Vor mir warten noch zwei Leute. Der Schmerz wird stärker. Hoffentlich bin ich bald dran.

8. TAG

Marc

Seit zwei Tagen liege ich mit Kathrin im Bett. Wir bekämpfen unsere Multitalentose durch Knutschen und Sex. Genau die richtige Methode! Mir wird mit jeder Stunde besser.

»Jetzt sag ich noch dem Werbe-Wicht ab.«

Sie tippt in ihr Handy.

»Tut mir leid, Jürgen. Irgendein Virus. Macht die Präsentation ohne mich.«

Ich bin dran.

»Kai, leider komm ich nicht mit ins Kino.«

Jetzt wieder sie.

»David, ich bleib im Bett.«

Das Spiel heißt »Liebe kennt keine Termine«. Wer als erstes aufsteht, hat verloren.

»Zwei Seezungen in Pfeffer-Sahne-Sauce. 4. Stock Vorderhaus. Die Klingel ist kaputt, am besten hupen.«

Wir rollen durch ihr riesiges Bett. Kathrin hat einen genialen Körper. Ideal für tagelange Umarmungen. Wie schnell das ging! Vorige Woche stand ich mit einem Kuchenteller an ihrer Fensterbank, jetzt liege ich als Lover in ihrem Riesenbett. Ich kann es immer noch kaum glauben. Eben, als sie mit David telefoniert hat, kam es mir vor, als ob der zwischen uns liegt. Zehn Sekunden lang hatte ich ein schlechtes Gewissen. Er und Kathrin sind oder waren oder sind wieder so etwas Ähnliches wie ein Paar. Wer kann oder will das schon ganz genau wissen. Zuviel Rücksicht macht einsam.

Meistens bin ich mit Frauen eher schüchtern. Flirten ist kein Problem, aber zwischen Plaudern und Küssen tut sich für mich ein Abgrund auf. Beim ersten Kuß fühle ich mich immer so, als ob ich aus einem Flugzeug springe und nicht genau weiß, ob ich einen Fallschirm auf dem Rücken habe oder nur einen ganz normalen Rucksack. Ist mir schon einige Male passiert, daß ich todesmutig eine Frau küsse, und nach zehn Sekunden zieht sie ihre Zunge ein. Finster! Wenn das passiert, bloß schnell die Biege machen. Denn das einzige, was grausamer ist als ein abgesoffener Kuß, ist das verständnisvolle Gelaber danach: »Aber ich mag dich sehr als Freund zum Reden« und ähnliches Geschwalle. Bei solchen Gesprächen rauche ich schachtelweise Zigaretten und fühle mich hinterher wie ein Teenie mit Pickelproblem. Wenn dagegen der erste Kuß klasse ist, kommt guter Sex fast wie von selbst. So wie bei Kathrin und mir. Sie rief mich an, weil auf MTV ein kurzes Feature über Robbie Williams lief, das sie letzten Monat in England gedreht hat. Zum Glück habe ich keinen Kabelanschluß, also lud sie mich zu sich ein. Wir sahen vom Bett aus ihre Sendung, die ich wirklich gut fand, auch wenn ich Mühe hatte, mich darauf zu konzentrieren. Da lag Kathrin nämlich schon ziemlich dicht neben mir. Als Joker hatte ich ein Tütchen Koks mitgenommen, was aber gar nicht zum Einsatz kam. Ich machte ihr einfach Komplimente über die Sendung. Sie lächelte mich an und spielte verlegen mit der Fernbedienung. Auf einmal richtete sie die Fernbedienung auf meinen Bauch und drückte auf START. Da wußte ich, was zu tun war.

Kai

Das habe ich ja noch nie erlebt, daß ich mit Türstehern diskutieren muß. Will mich dieser Volltrottel doch tatsächlich nicht ins *INIT* lassen. Unglaublich. Eigentlich hatte ich heute nacht sowieso keinen Bock auf diesen schräbbeligen Supermarkt, weil da der blöde David seine Platten auflegt. Dem wollte ich nach den letzten Begebenheiten natürlich nicht gleich wieder über den Weg laufen. Trotzdem mag ich es nicht, wenn sich Türsteher so aufspielen. Das habe ich wirklich noch nie erlebt. Fast wäre mir der Kragen geplatzt. Aber ich konnte mich beherrschen und habe ein bißchen rumgelogen: »Ich muß da echt dringend rein! Meine Freundin wartet auf mich!« Das hat das Türsteher-Herz weich werden lassen. »Danke, das ist echt lieb von dir!«

Natürlich kommt Marc als erster auf mich zu, als ich in die Dämmerbutze klettere. Bin richtig erschrocken beim Anblick seiner dummen Visage. Vor allen Dingen, weil ich nicht will, daß er mitkriegt, daß ich wegen der Geldsache beleidigt bin. Hinterher bin ich die Memme vom Dienst. In diesen Kreisen darf man ja nicht kleinlich sein. Sonst wird man gleich zum Spießer abgestempelt. Immer schön aufpassen. Also habe ich cool getan: »Hey, alles klar?« und Marc hat gesagt: »Ich habe gerade mit Kathrin auf dem Klo Koks gezogen!« – Na toll! Gratuliere! Total wild! Gähn! Wahrscheinlich von meinen Piepen bezahlt!

Unter uns, ich mag keine Leute, die Drogen nehmen. Das ist extremer Kinderkram. Die Leute leben doch in einer absoluten Traumwelt. Die fliehen vor der Realität und dann vergessen sie, daß sie einem noch einen Haufen Geld schulden. Immer nur nachts unterwegs sein und sich nicht dem richtigen Leben stellen. Deswegen sind die auch so oft heimlich depressiv. – Ich zum Beispiel werde Vater und stelle mich der Tatsache, daß ich überhaupt nicht damit klarkomme.

Ich habe mich erst mal auf diese komischen Autositze gehockt und da saß plötzlich auch Christoph und hat »Hallo!« gesagt. Christoph kenne ich noch aus Hamburg. Der hat bei uns um die Ecke gewohnt. Und weil ich nicht wußte, was ich sagen soll, habe ich ihm erzählt, daß Marc mit Kathrin auf dem Klo Koks gezogen hat. »Das ist doch voll peinlich, oder?« Christoph fand das irgendwie nicht so schlimm. Später ist er sogar noch zu Kathrin hin und hat sie angehauen.

Christoph hatte schon mal was mit Kathrin. Der ist sexsüchtig. Ansonsten ist er ganz nett. So ein ruhiger Typ nach außen hin. Gut sieht er auch aus und darum habe ich mich mit ihm zusammen betrunken, weil ich das Gefühl hatte, daß sowieso die Welt untergeht. Na ja, und dann ist Kathrin noch mal angekommen und hat gefragt, warum ich einfach ihren lieben David verprügle, und ich habe aus Versehen gesagt, daß sie die Klappe halten soll. Die hat doch überhaupt keine Ahnung, wie es in mir drin aussieht. Am liebsten hätte ich ihr gleich noch gesteckt, daß David ein Auge auf Sophie geworfen hat und sich als Retter in der Not aufspielt. Aber das habe ich dann doch lieber gelassen, weil ich Kathrin eigentlich ganz nett finde. Außerdem muß ich ja nicht noch mehr Leuten weh tun. Kathrin war trotzdem beleidigt und hat gesagt: »Spinnst du? Wie bist du denn drauf?! Drehst du jetzt völlig durch?« Und ich habe mich weggedreht und gedacht: »Bloß raus hier! Bloß nicht zu viel reden. Das verstopft meinen Kopf!« Christoph redet auch nicht viel. Der ist Fotograf. Ich glaube, sogar ein ganz guter. Eigentlich wollte er früher auch DJ werden, hat er mir dann noch beim Rausgehen gesagt.

David

Noch nicht mal zwölf und schon ist der Laden voll. Total viele Bekannte sind da. Fast wie auf einer Privatparty, nur mit dem Unterschied, daß man hinterher nicht aufräumen muß und einem andauernd Bier gebracht wird. Tim und Burkhard stehen mit einer Blase von Künstler-Assistentinnen herum und schäkern. Arschloch-Gipsarm-Kai steht links neben der einen Box. Wie ist der denn reingekommen? Ein kurzes Stechen in meinem Kinn, zum Glück gab es keine ernsthaften Probleme bei Dr. Malvino. Schnell die nächste Platte eincuen. Kopfhörer auf, so tun, als ob ich ihn nicht bemerkt hätte. Muß Platten auflegen, kein Bock auf Streß jetzt. Rechts läuft diese Beat-Nummer von Shantel, noch etwa zwei Minuten. Genug Zeit, in Ruhe die Geschwindigkeit von Dimitri of Paris auf dem linken Plattenspieler einzucuen. »A very stylish girl«, den Kenny-Dope-Mix. Das gefällt im Moment wirklich allen. Ein Mitnicker. Hat so ein shuffelndes Jazz-Schlagzeug über einem fetten Dope-Beat. Finden vor allem die Ladies gut. Und dann mach ich auch noch einen perfekten Übergang! Ich glaube, die drei Frauen, die links neben dem DJ-Pult herumtanzen, haben den Mix noch nicht einmal bemerkt. Spitze. Rechts neben dem DJ-Pult steht Laura mit einem Typen, der mir gerade den Rücken zudreht. Laura: »Unterlage?« Ich: »Plattencover?« Für das Kokasortieren gibt's die Aphrodelics, die mit dem silbernen Cover. Grinsen und Augenzwinkern. Mit einer fetten Line auf dem Cover geht die Platte dann wieder an mich zurück. Return to sender. Schnell ducken, weg ist das Zeug. Jetzt aber zügig die nächste Platte raussuchen. Noch ein bißchen

HipHop? Oder eher Elektronik? Kathrin schwankt an das DJ-Pult und fällt mir um den Hals. Total dicht. Laura hat heute wohl kräftig ausgegeben. Frisch aus Kolumbien, brabbelt Kathrin, die mich nicht mehr losläßt. Warte mal, ich muß die nächste Platte spielen. Zufällig steht die »Superthruster EP« ganz vorne. Ist zwar noch zu früh, aber die Dimitri of Paris ist gleich zu Ende. Kopfhörer auf. Kurz Panik. Welche Seite? 45 oder 33? Kathrin greift mir an den Hintern. Wo ist hier noch mal der Monitor? Als draußen das letzte Mal »I must say I'm amazed« ertönt, höre ich auf meinem Kopfhörer diese Fläche von »Superthruster«. Na toll! Wo ist denn hier mein Beat? Jetzt einfach reinspielen. Wohl oder übel. Kein guter Übergang. Kurze Pause auf dem Dancefloor. Die drei Frauen glotzen blöd zu mir herüber. Kathrin nimmt sich eine Zigarette. Feuer? Ist mir jetzt aber auch egal. »Superthruster« macht auch ohne guten Übergang was her. Ladies, nur warten, bis dieser Mörder-Baß einsetzt, dann tanzt ihr schon wieder. Aber was danach? Kathrin greift mir an die Hüfte und zieht mich zu sich hinüber. Lächelnd bitte ich sie, mir ein Bier zu holen. Die Barfrau hat mir zwar vor drei Minuten erst eins gebracht, aber ich brauche jetzt kurz Ruhe, um zu überlegen, was ich in den nächsten Minuten spiele. Ein alter Trick, wenn man unpassende Gespräche während des Auflegens unterbrechen möchte. Ich weiß, daß das ein bißchen schuftig ist, aber wenn Kathrin zu ist, hört sie nicht mehr auf zu reden. Links neben dem Mischpult steht Rainald Goetz. Hellgrüne Bomberjacke, die Ärmel hochgekrempelt. In der linken Hand eine Flasche Beck's, in der rechten Hand eine Zigarette. Er schaut dauernd zu mir herüber. Das macht mich leicht nervös. Schnell stecke ich mir eine Zigarette an. Ich muß jetzt Platten auflegen. Die Zigarette schmeckt großartig. Das Koks ist super. Selten so gut gefühlt. Ob das echt aus Kolumbien kommt? Ich nehme so selten Koks, daß ich gleich immer 48 Stunden glücklich bin, wenn ich mir mal eine Linie genehmige. Zufrieden blättere ich in meinem Plattenstapel. Hmm, die Organic Audio, da wollte ich doch mal das zweite auf der ersten Seite spielen. Erst heute gekauft, mal schauen, ob das funktioniert. Als ich die Platte eincue und kurz hochschaue, sehe ich, wie Kathrin mit Marc auf dem Klo verschwindet. Hat wohl vergessen, mir das Bier zu bringen. Rainald Goetz steht immer noch links neben dem DJ-Pult. Jetzt hat er einen kleinen Block in der Hand und schreibt. Kann er überhaupt was sehen bei der Dunkelheit hier? One, two, three, four! Organic Audio paßt, der Baßlauf hat einen ähnlichen Sound wie der von »Superthruster«. Als ich noch mal hochschaue, schaue ich Kai direkt ins Gesicht. Er steht am anderen Ende der Wand und beobachtet mich. Ich kneife die Augen zusammen.

9. TAG

Marc

Das Leben ohne EC-Karte ist umständlich. Entweder schleppst du immer einen Sack Bargeld mit dir rum, oder du fährst öfter mal nach Hause, nur um Geld zu holen. Vorhin hab ich bei *Saturn* einen Ghettoblaster aufs Kassenband gehievt und konnte nicht zahlen. Also bin ich zurück nach Hause und hab in meinen Futon gegriffen. Da kam auch tatsächlich ein Tausi zum Vorschein, nur hat *Saturn* inzwischen geschlossen. Übel, keine Musik heut abend. Ich hätte so gerne die Air-CD von Kathrin gehört und dabei an sie gedacht. Vielleicht sollte ich mir über die Stadt verteilt ein paar geheime Gelddepots anlegen. In den Grünanlagen meines Vertrauens Plastiktüten verbuddeln. Ich nehm mir eine Zigarette und zünde mein Godzilla-Feuerzeug. Es quiekt leiser als sonst. Ich muß die Batterie wechseln.

Rauchend liege ich auf meinem Futon und blättere durch das japanische Foto-Buch über Chindogus. Das sind »nicht-nutzlose« Erfindungen: Hausschuhe, an deren Spitzen Kehrblech und Feger befestigt sind. Eine Maske, mit der man vierzehn Zigaretten auf einmal rauchen kann. Ein ausrollbarer Zebrastreifen. Ein transportabler U-Bahn-Haltegriff mit Saugnapf. Und mein Favorit: vier kleine Wischmobs, die man seiner Katze an die Pfoten schnallen kann, damit sie beim Herumtollen die Wohnung reinigt.

Ich probiere, einen Rauchring zu blasen. Vergeblich. Ein Mundstück zum Rauchringblasen, das wäre auch ein hübsches Chindogu. Was ich allerdings fast genauso dringend bräuchte, ist eine geniale Methode, mit wenig Einsatz viel Geld zu machen. Schließlich wird meine Geldmatratze von Woche zu Woche härter. Und außer Kai fallen mir kaum noch Leute zum Anpumpen ein. Beim Modeln stimmt zwar die Gage, nur ist der Job auf die Dauer zu stumpf und zu würdelos. Wo bleibt der rettende Einfall? Ein Aufkleber-Set für Tür- und Klingelschilder, mit dem man Gerichtsvollzieher auf unliebsame Nachbarn hetzt?

David

Totalschaden. Weil mir ein Betrunkener mit 70 Sachen in meine Kühlerhaube gerast ist. Das Auto war zwar nicht mehr das neueste, aber die Anlage! Die Montage hat zehn Tage gedauert, vor allem die Justierung der Boxen. Schöne Scheiße. Das war ein riesiger Kopfhörer auf Rädern. Eine rollende Baßbox, zum Reinsetzen und Herumcruisen. Ideal zum Hören von Musik, bei der sich sonst sofort die Nachbarn beschweren würden. Vier Wochen ist das jetzt her und seitdem fahre ich öfter mal mit den öffentlichen Verkehrsmitteln, vor allem mit der Bahn. Die Warterei kann extrem langweilig sein. Doch mit einer Zeitschrift läßt es sich aushalten. In den ersten Tagen haben mich vor allem die Geräusche begeistert. Gestern ist mir aufgefallen, daß sich die Straßenbahnen, wenn sie ordentlich heizen, in Kurven anhören wie die imperialen *TIE-Fighter* aus Star Wars. Dieser sägende, mahlende Sound, so langgezogen und ein bißchen böse. Oder das Türenschließsignal in der S-Bahn, dieses Demmdemmdemm, das erinnert mich immer an die Stereo-MCs und »Bring It On«, da gibt es einen Sound, der hört sich genauso an. Auch sonst ist das Bahnfahren ganz interessant. Ich treffe andauernd Leute, vor allem solche, die ich schon ewig nicht mehr gesehen habe. Oder manche, die ich auch nicht mehr sehen wollte. Heute mittag, gerade auf dem Weg in die StaBi, traf ich Marc. Den sehe ich in den letzten Tagen ständig. Vor allem auf Parties. Der ist ganz sympathisch. Trotzdem haben wir noch nie alleine was zusammen gemacht. Jedenfalls springt Marc hastig in den S-Bahn-Wagen, kurz bevor die Türen schließen. Ein knappes Hallo, warum ich denn nicht mehr auf Kathrins Geburtstag war.

"Ähm, weil meine Oma gestorben ist. Das habe ich erfahren, als ich wieder zu Hause war, um die Kassette für Kathrin abzuholen.«

Marc verzerrt betroffen sein Gesicht, aber zum Glück unterbricht uns ein Obdachlosenzeitungsverkäufer. Uff! Schnell das Thema wechseln. Oma gestorben, so ein Quatsch, voll gelogen!

Kai

Kann mir mal jemand helfen? Ich drehe gerade durch. Ich glaube, ich brauche einen Psychologen oder eine anonyme Gesprächsstunde. Ich bin dem Untergang nahe. Gerade hat mich Sophie angerufen und am Telefon geheult, weil ich mich nicht bei ihr melde. Sie findet, daß ich sie im Stich lasse.

Ich wußte gar nicht, was ich sagen soll, weil ich mit meinen Gedanken bei meinem neuen Titi-Artikel war. »Das wird schon!« habe ich nur gesagt. Ich wollte lieber weiterschreiben, bevor ich alles vergesse. Prompt hat sie einen Schreikrampf gekriegt. »Dann treib es doch ab!« habe ich ruhig gesagt. »Wäre mir sowieso lieber!« Da hat sie natürlich noch mehr geschrien und geheult und in dem Moment habe ich tatsächlich alles vergessen und bin uninspiriert geworden. Kreischende Frauen töten einfach jegliche Kreativität. Wirklich.

Ich weiß doch auch nicht, was ich machen soll. Wenn das alles so problematisch ist, ist es doch echt am besten, wenn man das Klumpi abtreiben läßt.

Das andere Problem ist, daß Sophie sich eine Kleinfamilie wünscht. Das ist einfach nicht zu fassen und ich frage mich langsam, womit ich das verdient habe. Wenn ich mir das nur mal bildlich vorstelle: Ich mit einer schwangeren Tante auf der Straße. Da wird mir richtig schwarz vor Augen. Da wissen ja sofort alle, daß ich für den Rest meines Lebens besetzt bin. Ich mit einer Schwangeren auf der Straße. Da darf ich ihr wahrscheinlich noch das Handtäschchen tragen, weil sie zu schwach ist. Gibt es etwas Erniedrigenderes? Und später dann mit Kinderwagen. Da sehe ich ja dann total spackig aus. Nee Leute. Ohne mich. Hinterher fängt dieses Ding auch noch mitten auf der Straße an zu schreien und ich muß es wie so ein Eso-Typ auf den Arm nehmen und vor allen Leuten in den Schlaf singen. Oder Sophie und ich müssen schnell ins nächste Café flitzen und da packt Muttchen ihre dicken, milchgefüllten Brüste aus und fängt vor allen Leuten an zu säugen. Das ist unappetitlich. Nee, da mache ich nicht mit. Mich kann keiner zwingen. Oder?

Wie soll man da noch was Vernünftiges zu Papier bringen?

Ich suche jetzt in den Gelben Seiten nach einer passenden Gesprächsstunde.

Ich fühle mich gerade wirklich alleine.

Oder ich rufe Marc an. Mal sehen, ob der da ist. Vielleicht weiß der, was zu tun ist. Von dem kriege ich eh noch Geld.

10. TAG

David

Im *Soul Trade* ist die Hölle los. Vor den HipHop-Fächern Gedrängel. An den sechs Turntables, an denen man die Platten hören kann, steht eine Schlange. Kann also noch ganz schön dauern. Vor allem bei den HipHop-Kids, die sich Platten minutiös von Anfang bis Ende durchhören. Als ob die Qualität der Texte den Kaufentscheid beeinflussen würde. Trotzdem habe ich kein Verständnis für diese Schüler hier und möchte meinen Stapel durchhören. Jetzt. Weil wenn ich diese fünfzehn Maxis durchhabe, muß ich noch mal im House-Fach schauen und dann bei den Reissues. Da gehen ruck, zuck zwei Stunden flöten. Ich habe dann insgesamt eine halbe Stunde angestanden, vielleicht vierzig, fünfzig Platten durchgehört und am Ende nehme ich doch nur fünf oder sechs mit nach Hause. Weil es gibt ja so irre viel Schrott.

Eigentlich wollte ich später mit Kathrin Kaffee trinken gehen. In den letzten Tagen hat sie beim Telefonieren immer so nett Süßholz geraspelt und gesagt, daß sie mich wirklich liebt. Das macht mich jedesmal glücklich und ich freue mich noch Stunden darüber. Vielleicht bekomme ich das ja noch hin mit dem Date. Wenn diese lahmen Säcke hier mal in die Gänge kommen! Wie gerufen winkt Jazzanova-Alex mich zu sich hinüber. Ich könnte die Platten auch hinter dem Tresen anhören. Super. Vor allem kann ich die Platten dann laut hören! Kaffee? Zigarette? So macht Plattenshoppen Spaß. Und Alex spielt mir auch noch ein paar Promos vor. Toller Service. In zehn Minuten skippe ich mich durch meinen Plattenstapel. Die Leroy Hanghofer ist spitze und die neue Howie B. nehme ich auch mit. Bei der Cassius bin ich mir noch unsicher. Hat einen super Sound und sind auch ein paar Abgeher drauf, aber irgendwie kann ich mich nicht damit anfreunden. Alex schwärmt groß von der neuen Da Lata, die ist mir aber zu soulig. Ich bin durch. Das mit dem House-Fach und den Reissues verschiebe ich jetzt mal lieber, mir ist Kathrin wichtiger.

»Macht 32 Mark. Tüte?«

»Nö, hab eine Tasche dabei.«

»Wann legste mal wieder auf?«

»Am Wochenende, auf der Party von Olaf. Und Du?«

»Morgen, in Dänemark.«

International-Player, der Alex. Legt aber auch wirklich großartig auf. Nicht unbedingt mein Sound, aber immer schön gemischt zwischen alt und neu.

»Bis bald, wir sehen uns!«

Als ich in der U-Bahn sitze, ruft Kathrin an. Das Meeting dauert nun doch ein bißchen länger als geplant. Wir können ja später noch mal telefonieren. Und ich habe mich so beeilt.

Kai

Ich bin einsam. Das ist ein Zustand, vor dem ich mein Leben lang Angst hatte, und jetzt ist es passiert. Es ist schlimm. Aber nicht so schlimm, wie ich dachte. Ich habe geglaubt, Einsamkeit führt zu Selbstmord. So weit bin ich noch nicht.

Ich habe Marc gestern nicht erreicht und zurückrufen tut der auch nicht. Ich nehme an, daß er mit meinem Geld über alle Berge ist. Wir werden sehen. Heute ist so ein dummes Fest von GEO. Dafür sind Marc, David und ich fotografiert worden. Wenn Marc da nicht auftaucht, ist klar, daß er mich betrogen hat.

Das ist mir dann auch egal. Mir ist gerade alles egal. Ich bin einsam und uninspiriert. Ich denke, daß ich nicht mehr schreiben kann. Dabei sind in mir so viele Gefühle, die ich therapieren muß.

Ich werde Vater.

Zum Trost habe ich ein neues Buch angefangen. Das heißt »Königinnen«. In dem Text geht es die ganze Zeit um eine frustrierte Mutter, die sich ständig neue Frisuren schneiden läßt, weil sie nicht gerne Mutter ist. Das Ganze ist doch eine denkbar schlechte Ablenkung für mich. Außerdem bin ich wütend auf David, weil der sich zur Zeit wie der liebe Gott höchstpersönlich aufführt. Der ist doch glatt so arrogant und meint, sich ein Urteil über mich erlauben zu können. Nur weil ich mit meiner Vaterrolle nicht klarkomme. Den brauche ich heute abend echt nicht zu sehen. Fast ärgere ich mich ein bißchen, daß ich in der Tillmans-Ausstellung nicht öfter zugeschlagen habe. Als wenn der alles richtig macht. Der geht auch mit den Weibern ins Bett und hinterher dürfen sie sehen, wo sie bleiben. Der soll sich mal an seine eigene Nase fassen!

Das Königinnen-Buch quält mich und am liebsten würde ich aufhören, darin zu lesen. Aber das geht nicht, weil ich mir zur Aufgabe gemacht habe, jedes angefangene Buch durchzulesen, damit ich etwas für meinen Intellekt tue. Ich muß also noch zwei Stunden durchhalten. Dann gehe ich los, zur Geo-Party.

Neben mir im Fernsehen singen R. Kelly und Celine Dion »I'm your angel«.

Wer ist denn mein Engel?

Marc

Ich habe ein neues Talent an mir entdeckt: Auf meinem Anrufbeantworter Untertöne raushören. Die erste Message ist von Kai. Er fragt, ob ich zur GEO-Party komme. Da werden Fotos von uns ausgestellt. Sein Unterton fragt, wann er endlich seine 3000 Mark zurückbekommmt. Feigling! Solang er mich nicht direkt drauf anspricht, sieht er keinen Pfennig.

Der zweite Unterton auf meinem AB klingt tausendmal verlockender. Kathrin bedankt sich für meine 3D-Postkarte von Lara Croft auf der Chinesischen Mauer. Ich kann ganz klar raushörn, daß sie auf mich steht. Immer wieder spul ich das Band zurück und hör mir ihre tolle Stimme an. Wow, morgen kommt sie mich besuchen! Da möchte ich vorher meine Wohnung stylen. Wann kommt endlich die Räumungsfirma und schafft das gepfändete Gerümpel hier raus? Ich werd da mal Druck machen. Und jetzt geh ich zum GEO-Event, Freigetränke und ein fürstliches Buffet abstauben.

Neues Berlin, Hauptstadt der Underdogs:

Mit einem Glas Champagner treibe ich durch ein Meer aus dunkelblauen Anzügen. Dreihundert Wichtige aus Wirtschaft und Journalismus sind versammelt. Gefeiert wird die GEO-Version des Neuen Berlin. Alles erinnert an die gleichnamige Plakatserie der Volksbühne: Selig strahlende Business-Zombies prosten sich zu. Nur ist hier alles echt und ernst gemeint. Erster Festredner ist der ehemalige Daimler-Chef Reuter. Direkt danach der zukünftige Schaubühnen-Chef Ostermeier. Er erzählt davon, wie klasse kulturell das Tacheles und die Hausbesetzer seien. Da lächeln die Daimler-Leute. Sie finden Hausbesetzer auch geil. Voll subversive Szene hier.

Ich wende mich ab und schaue mir das Neue Berlin an, das in großformatigen Fotos an den Wänden rumhängt. Hoppla, das bin ja ich! Als szeniger Slam-Poet hocke ich mit Flügeln neben Kai auf einem Hochhausdach. Auch ich eine flippige Touri-Attraktion für das Neue Berlin! Befremdet proste ich mir zu. »Kennen wir uns? Nein, ich hoffe nicht.« Da entdecke ich Kai zwanzig Meter entfernt im Gewühl. Ich will ihn nicht treffen und suche lieber das Buffet. Was, es gibt nur eine schäbige Suppe? Das hat einfach keinen Stil! Wenn schon reich, dann richtig. Ich hasse halbe Sachen. Ich gehe.

11. TAG

Kai

Mann, war das gestern doof. Da hingen nur Volltrottel auf der GEO-Party rum und der größte Volltrottel war dieser Fotograf, der bei jeder Festivität seine grausigen Fotos macht. Gleich als ich aus dem Aufzug gekommen bin, kam er angeschleimt und hat mir ein Foto in die Hand gedrückt, wo ich mit zwei Mädels drauf bin. Das Bild ist schon zwei Jahre alt und wurde bei so einer Vernissage an meinem Geburtstag gemacht. Blieb mir nichts anderes übrig, als das Foto einzustecken und im Gewühle unterzutauchen. Ich glaube, der Typ sucht Kontakt, und da bin ich echt nicht der richtige Ansprechpartner. Übrigens habe ich bald wieder Geburtstag.

An den Wänden hingen überall Fotos, die vor einiger Zeit von Marc, David und mir gemacht worden sind. Der Witz war, David war auf keinem der Fotos drauf. Den hatte man einfach wegretuschiert, weil der bei dem Shooting voll einen auf Diva gemacht hat. Der sollte nämlich so eine enge, rote Spacko-Hose aus Kunstleder anziehen. Richtig Amok ist der gelaufen. Total peinliche Aktion. Der war echt auf keinem Bild drauf. Ich lach mich tot. Der soll sich mal an seine eigene Nase fassen, der Penner.

Als nächstes habe ich mich in dem Gedränge nach Marc umgesehen, weil ich mein Geld eintreiben wollte. Aber der war nirgends zu finden und das hat mich noch mehr geärgert, weil es keinen guten Eindruck macht, wenn man ganz alleine rumsteht. Dafür ist Christoph plötzlich aufgetaucht. Ein Glück. Mit dem war es sogar richtig nett, weil der die Veranstaltung auch total dumm fand. Wir sind dann zusammen ins *Planet Hollywood* und haben da für 60 Mark gegessen. Unverschämte Halsabschneider! *Planet Hollywood* sollte man in die Luft jagen.

Danach sind wir noch mal zu den Wichtigtuern und da habe ich erfahren, daß Marc inzwischen dagewesen, aber auch schon wieder weg war. So ein Mist. Schließlich waren Christoph und ich ja zurückgekommen, um Marc an den Beinen zu packen und das Geld aus ihm rauszuschütteln.

Am Ende haben wir uns mit Wein besoffen gemacht und ich habe gedacht: »Christoph ist echt nett. Ich bin doch nicht allein!« Jetzt habe ich einen Kater. Das ist doof, weil die vom Magazin bald mal meinen Artikel brauchen.

David

Manchmal ist es wirklich kaum zum Aushalten. Diese Unkonzentriertheit. Vor allem, wenn ich in irgendwelchen Diskussionen stecke und versuche, schlüssig zu argumentieren. Obwohl ich weiß, was ich sagen will, kommen nicht die richtigen Worte aus meinem Mund. Entweder ich stammele oder erzähle plötzlich von Sachen, die ich eigentlich gar nicht erzählen will. Das ist fast schon so *speaking-in-tongues*-mäßig. *Écriture automatique,* nur halt beim Sprechen und ungeplant. Ich habe mich deswegen schon so oft über mich selbst geärgert. Manchmal traue ich mich schon gar nicht mehr, den Mund aufzumachen. Vor allem nicht in der Uni. Rhetorische Behinderung, das sieht einem ja auch keiner an. Da wird man vielmehr als Blödmann verbucht, der dummes Zeug schwätzt. Das ist wirklich ganz schlimm. In der 5. Klasse war ich sogar bei so einer Nachmittagsveranstaltung, in der Kinder mit Konzentrationsschwäche lernen sollten, sich nur mit einer Sache zu beschäftigen. Da hatte mich mein Lehrer hingeschickt, viel gelernt habe ich offensichtlich nicht. Als ich mich vorhin mit Sophie gestritten habe, ging das wieder los. Ständig verhaspelt und eigentlich habe ich ihr nicht richtig deutlich machen können, was ich davon halte, daß sie schwanger ist. Gegen schwanger sein ist ja wirklich nichts einzuwenden, aber in diesem Fall: Nee! Sie ist schwanger von Gipsarm-Arschloch-Kai. Sie will das Kind unbedingt bekommen, wünscht sich doch schon so lange, schwanger zu werden und so weiter und so fort. Aber ich habe ihr versucht klarzumachen, daß das völliger Quatsch ist. Sie kennt Kai erst seit ein paar Monaten und der steckt doch noch voll selbst in den Kinderschuhen. Daraufhin ist sie erst mal ausgeflippt und meinte, ich sei ein arroganter Sack. Und ich: »Stimmt doch! Kai ist ein verwöhnter Hamburger Schnösel, dem das Geld zum Arsch rausschaut und der noch nie was von Verantwortung gehört hat. Und der soll Vater deines Kindes werden? Ich glaube, du spinnst!« Daraufhin hat sie mich aus der Wohnung geschmissen. Aber was hätte ich sagen sollen? Vor allem mit meiner rhetorischen Behinderung?

Marc

Endlich Platz! Die Jungs von RUCK-ZUCK-RÄUMUNG heißen nicht umsonst so. Zwanzig Minuten – und alle meine gepfändeten Möbel waren verladen. Das hat mich so beeindruckt, daß ich einen Zehner Trinkgeld gab. Als ich den Schein zückte, guckte der Typ erst mal verdattert. Wahrscheinlich sind die meisten Gepfändeten eher knauserig. Ich nicht. Schließlich nahm er das Geld, tippte an seine schwarze Lederkappe und meinte: »Alles klar, Chef!« Dann schwang er sich zu den anderen in den LKW. Ruck, zuck waren sie verschwunden. Nur eine rußige Abgaswolke erinnerte noch flüchtig an meinen Mahagoni-Schrank. Ich schaute in den schwarzen Schwaden und einen Moment lang nahm er die Form eines zähnefletschenden Hundemauls an. Ich zuckte zusammen. Der Schuldenschlamassel drohte meine gute Laune zu pfänden. Niemals! Schnell dachte ich an Kathrin und der Hasso-Schwaden löste sich in Luft auf.

Was fang ich nun mit meinen freien Wänden an? Ich hab's: das Radio-Eins-Plakat! Das Ding ist von der Stadtreklame und 3 x 5 Meter groß. Darauf zu sehen bin ich selbst, wie ich einer Frau im orangen Ledermantel das Ohr an den Rücken lege. Slogan: HÖREN SIE ORANGE. Na ja. Jedenfalls sieht das Plakat in meiner Wohnung riesig aus. Weil es eigentlich für draußen ist, macht es aus meiner Wohnung sozusagen eine Straße. Genial. Es klingelt.

Kathrin umarmt und küßt mich – vielleicht eine halbe Minute, mir kommt es vor wie eine Stunde Amphetamin. Wir besichtigen meine neu gestaltete Wohnung. Kathrin lobt das Plakat. Merkwürdig: Wenn wir uns unterhalten, ist alles wie früher, als wir einfach gute Bekannte waren. Sobald wir uns anfassen, startet ein komplett anderer Film. Kathrin hat mir eine Flasche TIMOTEI mitgebracht. Wegen der Gedichte. Auf jeder Sorte ist ein anderes drauf. Dies ist ein Feuchtigkeitsshampoo mit Gurkenextrakten für feines, empfindliches Haar. Das Gedicht auf der Rückseite ist von Georg Schneider. Die letzten zwei Zeilen könnten aber auch von Blumfeld sein: »Ich liege tief im Gras: wie ein Insekt / Von Tau und lauter Bernstein eingeschlossen«. Die Macher von TIMOTEI sind echte Kultur-Pioniere. Warum gibt es nicht auf viel mehr Produkten Gedichte? Zum Beispiel auf Zigarettenschachteln. Statt der öden Sprüche der EU-Gesundheitsminister ein schlichtes, klassisches »Asche zu Asche, Staub zu Staub«. Die Message wär dieselbe und der Stil viel poetischer.

Wir singen und slammen TIMOTEI-Gedichte in verschiedenen Versionen. Von Burroughs über Selig bis Skunk Anansie. Lichterketten gehen an, Wodkaflaschen öffnen sich, Zitronen klappen auseinander und träufeln ihren Saft in unsere Longdrinkgläser. Wir stoßen an. Wir feiern eine Party zu zweit. Mein neuer Ghettoblaster saugt Scheiben in sein Gehäuse und wir saugen Schnee in unsere Nasen. Alles läuft wie von selbst. Alles läuft goldrichtig. Gleich werden wir übereinander herfallen. »ALL I NEED« strömt aus den Boxen, immer wieder: »ALL I NEED« von Air. »ALL I NEED«. Die CD hängt. Ich schalte den Kassettenrecorder ein. Fehler. Da steckte ein Tape von David drin. Ich war schon immer ein schlechter DJ.

Kathrin hört auf zu knutschen und erzählt von David. Weil Kathrin und ich die einzigen Gäste auf unserer Party sind, höre ich natürlich zu und erzähl ein bißchen mit. Schnell geht eine Dreiviertelstunde drauf mit Definitionskram. Wieso, weshalb, warum sind wir verliebt, verlobt, verheiratet, oder haben wir nur eine Affäre und David ist ihr Freund bla bla blubb. Da ist die Kassette zu Ende und trotz Wodka bin ich dank Koks klar genug, sie NICHT umzudrehen.

12. TAG

David

Glück muß man haben! Doch nicht auf dem Foto! Hat meine Strategie des Kein-Bock-Habens doch tatsächlich funktioniert. Und Marc hatte noch um einen Zwanziger gewettet, ich wäre hundertpro dabei. Bin ich nicht. Uff! Erleichtert!

Vorhin hab ich das GEO-Spezial über Berlin am Kiosk gesehen. »Berlin – Die neue Metropole«. Für diese Ausgabe haben Marc, Kai und ich vor einigen Monaten als Models gepost. »Die jungen Berliner Wilden«, »Szene-Leute hautnah«. So ein Quatsch! Marc und Kai waren total begeistert von der Idee, ich hatte überhaupt keine Lust. Vor allem nicht für das GEO-Magazin. Irgendwie haben Marc und Kai mich aber doch dahingedrängelt. Dann war dort eine so dermaßen schlechte Stylistin am Werk, daß mir nur zwei Optionen blieben: entweder sofort abhauen und alle brüskieren oder so tun, als wäre ich furchtbar schlecht gelaunt und völlig unfotogen. Hätte ich mir eigentlich schon denken können, daß dieses Fotoshooting keine sonderlich coole Angelegenheit werden würde. Aber Marc hat mich am Telefon bekniet, das sei unheimlich wichtig, eine Freundin würde diese Story betreuen und wir müßten doch repräsentieren. Eine Woche vor dem Shooting habe ich meine Kleidergrößen durchgegeben, wir sollten die Klamotten von Berlins heißesten Designern präsentieren. Als ich das hörte, wollte ich schon absagen. Berliner Designer, das kann ja nur in die Hose gehen. Aber man soll ja nicht immer solche Vorurteile haben, dachte ich mir noch. Am Ende war es dann aber doch so, wie ich es mir vorgestellt hatte: Völlig altbackene Clubwear und schreckliche Crazy-Klamotten von Thatchers, Next Guru Now und Groopie De Luxe hingen da herum und sollten von uns angezogen werden. Plastikhosen mit Schlangenmuster, Federboas, enggeschnittene Synthetikhemden und schwarze Sandal-Schuhe, Typ Müsli-Conan. Das Härteste: Die Klamotten waren auch noch alle zwei Nummern zu klein. Marc und Kai fanden die Veranstaltung komischerweise total abgefahren, mir wurde regelrecht schlecht. Bloß raus hier, dachte ich nur. Doch dafür war es zu spät und ich traute mich nicht, vor all den Leuten auf Diva zu machen. Ausreden mußten her. In einer Stunde hätte ich einen wichtigen Termin, ich müßte bald gehen. »O.k., dann wird sofort losgelegt«, meinte der Fotograf. Zähneknirschend entschied ich mich schließlich für eine rote Röhrenjeans aus Leder und ein türkisfarbenes Kurzarmhemd. Die Klamotten sahen furchtbar aus. Aber immer noch besser als das, was da sonst noch an der Kleiderstange hing. Wir wurden auf einen Balkon gestellt. Im Hintergrund: Friedrichstraße, der Blick über das Neue Berlin. Höhenangst. Während sich Marc und Kai wild abposend in den Komplimenten des Fotografen suhlten, machte ich auf Miesepeter. Ich bemühte mich, nicht in die Kamera zu schauen, erhöhte die Frequenz meines Lidschlags und lächelte verkrampft. Der Fotograf versuchte noch, mich zu animieren, ich hatte aber wirklich überhaupt keinen Bock. Nach zwanzig Minuten fotografierte er Marc und Kai endlich alleine. Ich eilte zu meinem angeblichen Termin. Jetzt schuldet mir Marc ein Pfund. Das GEO-Spezial habe ich natürlich nicht gekauft.

Marc

Heute ist die Arbeitslosenzahl gesunken: einer weniger

Seit drei Stunden habe ich einen BERUF! Ich bin Ghostwriter. Wow, jetzt mache ich Karriere! Und wem hab ich das zu verdanken? Meinem Stroboskop. Neulich rief nämlich Olaf an und wollte für seine Party mein Strobo ausleihen. »Klar«, sagte ich, und wir kamen ins Plaudern. Damals, die Uni-Parties. Mein Strobo, seine Nebelmaschine. Das Blockseminar »Alchemie in Theorie und Praxis« von Professor Underthal. Wie ich meine Seminararbeiten immer in weniger als 24 Stunden schrieb und dafür von vielen Freunden bewundert wurde. Da erzählte Olaf, daß es in Berlin jetzt eine professionelle Ghostwriter-Szene gibt. Kiddies mit viel Geld und wenig Gehirn zahlen 1000 Mark für eine Hausarbeit und 15000 für eine Magisterarbeit. Der Drahtzieher heißt Hawking. Olaf gab mir seine Handy-Nummer.

Heute nachmittag habe ich Hawking dann getroffen. Es lief ab wie in einem Agentenfilm. Er saß im *Obst und Gemüse* und las »Le Figaro«, das Erkennungszeichen. Ein Mittdreißiger im braunen Anzug. Mit sanfter Stimme erklärte er das Vorgehen. Zum Warmwerden zwei Hausarbeiten à 1000 Mark. Wenn die laufen, bekäme ich einen Magisterjob über 10000. Ich solle ihn in Zukunft nicht mehr anrufen. Die kleinen Jobs per Post, die großen per E-Mail. Er bezahlte meinen Milchkaffee, stand auf und verabschiedete sich. Im Rausgehn meinte er noch: »Ich habe schon viele Leute zufriedengestellt.«

Ich glaube, Hawking ist ein solider Partner. Trotzdem: Vorsicht!

Kai

Eigentlich wollte ich mich heute mittag wieder an meinen Titi-Artikel setzen, um mein Leben in geordnete Bahnen zu lenken. Aber daraus ist leider nichts geworden, weil Sophie scheinbar noch wußte, wo ich wohne. Jetzt hängt sie drüben bei mir im Schlafzimmer auf dem Bett rum und heult. Man kann schon ein richtiges kleines Bäuchlein sehen. Jedenfalls findet sie mich extrem unsensibel, weil ich es noch mal mit dem Abtreibungstip versucht habe. Aber Sophie will nicht. »Ich will nicht!« hat sie geschrien und ich hatte Angst, daß meine Nachbarn das ganze Theater mitkriegen. Na ja. Ich mache uns jetzt erst mal einen Tee. Ein bißchen unsensibel ist Sophie aber auch. Die kommt hier einfach reingeschneit und ich muß mich mit ihr auseinandersetzen, obwohl ich gar keine Zeit dafür habe! Das sage ich natürlich nicht laut, weil sich Sophie möglichst schnell wieder beruhigen soll. Darum werde ich sagen: »Ich bin immer für dich da, wenn du etwas brauchst. Immerhin gehören ja zwei dazu, ein Kind zu machen!« Dann wird Sophie gehen und getröstet sein. »Danke!« wird sie sagen, sich an der Tür noch einmal umdrehen, mir um den Hals fallen, wieder anfangen zu heulen, im Treppenhaus zusammenbrechen und sagen: »Kai, ich liebe dich! Ich will mit dir zusammen ein Kind großziehen!« Ich werde denken: »Blöde Idee! Ich komme doch noch nicht mal mit mir selber klar!« Sagen werde ich: »Wir kriegen das schon hin!« Das Wasser kocht.

Wenn Muttchen dann endlich weg ist, rufe ich den Proleten Marc an und setze ihn wegen meinem Geld unter Druck. Und danach hocke ich mich endlich wieder an meinen Titi-Artikel. Ich will nämlich unbedingt die Kolumnen-Seite anvertraut bekommen. Schließlich muß das Leben irgendwie weitergehen.

13. TAG

David

Den ganzen Tag nur geärgert. Mit guter Laune aufgewacht, aber dann verdichteten sich blöd laufende Geschichten, abgesagte Jobs und Beziehungsprobleme via Telefon, Fax und E-Mail zu einem dicken Knoten, der sich am Nachmittag zentnerschwer um meine Brust legte. Und schließlich: völliger Gemütsstillstand. Da können mir Groupies die nettesten Komplimente am Telefon machen – wenn durch die Unfähigkeit dieser Welt alles schiefläuft, ist nichts mehr zu retten, vor allem nicht meine Laune. Ich kündige. Keine Lust mehr. Können mir alle gestohlen bleiben. Alle! Die ganzen arroganten Redakteure mit ihrem ewigen Wichtigtuer-Geschwalle, die Clubpromoter, die schlecht organisiert sind, Arschloch-Gipsarm-Kai mit seinen dummen Hipster-Freunden, der Typ vom Flyer, mein Hausmeister, die Rock-Fraktion von Spex, die unterbelichtete Verkäuferin im Supermarkt. Und Kathrin, die mal wieder auf Spielchen aus ist. Das schlimmste ist die Erkenntnis: Man kann eigentlich fast überhaupt nichts dagegen machen. So viel kann man gar nicht selbst in die Hand nehmen, damit das alles einigermaßen funktioniert. Sich aufregen gehört zwangsläufig dazu. Aber wo sind die Lösungen? Vielleicht einfach weniger arbeiten? Oder überhaupt nicht mehr arbeiten? Nicht mehr vor die Tür treten, nur noch im Bett liegen und an die Decke starren? Oder, wie üblich: sich einfach betrinken gehen? Aber das ist auch nicht der

Bringer. Vielleicht sollte ich es wie Tobias machen. Wenn der genervt oder schlecht gelaunt ist, kocht er sich eine kräftige Zwiebelsuppe, furzt sich die ganze Nacht den Frust von der Seele und am nächsten Morgen sieht die Welt für ihn schon wieder ganz anders aus. Aber ich mag keine Zwiebeln. Trotzdem muß ich dringend ein Ventil finden, sonst bekomme ich noch Geschwüre. Ich glaube, in die Offensive gehen is the only way, zumindest mit Kathrin. Ich sollte mal bei ihr vorbeischauen, sie richtig anbrüllen, vielleicht an den Haaren ziehen, und dann ist hoffentlich alles wieder gut. Das mache ich jetzt. Und alle anderen können mich kreuzweise.

Marc

Draußen geht die Sonne auf. Ich tänzle mit einer Zigarette durchs Zimmer, während der Drucker munter seine Arbeit tut. Zwanzig Seiten »Digitaler Gedächtnisschwund« quellen aus der Maschine. Ich genieße die Morgendämmerung. Mein neuer Beruf kickt mich. Gestern lag der Brief von Hawking im Kasten. Sofort bin ich in die StaBi gerast und habe Material besorgt. Nonstop durchgeschrieben bis jetzt. 1000 Mark am Tag ist ein guter Schnitt. Endlich fette Zeiten!

»Digitaler Gedächtnisschwund«. Es ging darum, daß Computer immer schneller altern und mit ihnen ihre Daten. Papier hält Jahrtausende, aber ob meine alte, labbrige 5,2-Zoll-Diskette im Jahr 3001 noch lesbar sein wird? Die digitale Verwesung habe ich mit einem Heiner-Müller-Spruch verknüpft: »Am schnellsten vergessen die Götter«. Hey, da kommt die Seite zwanzig aus dem Drucker! Zusammentackern, eintüten, VERGESSEN! Ich klebe eine Marke auf den Umschlag und verlasse das Haus. Der Briefkasten steht vor einer Bäckerei. Ich werf das Ding ein, kaufe Brötchen und kehre zurück an meinen Schreibtisch. Obwohl ich keine Drogen drin hab, bin ich hellwach. Ich trinke ein Bier zum Frühstück, um runterzukommen. Vergessen ist gut. Vergessen ist gesund. Wie willst du ein neues Leben starten, solange dein altes dir den Kopf verstopft? Vergessen ist göttlich. Ich will meine Schulden vergessen und dafür brauche ich Geld. 1000 am Tag sind in drei Jahren über eine Million. YES! Und da ruft vorhin Kai an und nervt meinen Anrufbeantworter mit diesen Peanuts-Beträgen. Tja, der Kai. In letzter Zeit ist der ziemlich durch den Wind.

Marc ist komischerweise gar nicht mehr zu erreichen, seitdem ich ihm das Geld geliehen habe. Unverschämtheit. Der Typ hat echt keine Erziehung genossen. Dafür hat Christoph angerufen und mir gesteckt, daß David mobil gegen mich macht. Der erzählt überall rum: »Kai ist ein Arschloch! Der will Sophie nicht heiraten!« – Langweilt sich der Typ, oder warum kümmert der sich so zwanghaft um die Angelegenheiten anderer Leute? Dieser kleinkarierte Prolet! So einen Verleumdungs-Mist lasse ich nicht auf mir sitzen. Das erinnert ja fast an klassischen Rufmord. Der will mich ganz klar ruinieren. Das kann der abhaken. Nachher gehe ich da mal vorbei und erzähle dem ein paar Takte. Aber erst mal muß ich schlafen. Mann, ich sehe aus wie ausgekotzt. Die ganze Nacht habe ich über meine Vaterschaft nachgedacht. Wie soll ich das bloß finanziell geregelt kriegen, wenn ich nicht mal einen Buchstaben zu Papier bringe. Nicht zu arbeiten erhöht die Angst vor dem finanziellen Kollaps. Ich habe auch noch nicht geschafft, meinen Eltern von der ganzen Misere zu berichten. So feige bin ich. Es ist eine Schande. Ich weiß. Ich will doch bloß nicht, daß ich in deren Augen jetzt der totale Versager bin. – Schriftsteller haben es eben nicht leicht. Besonders, wenn sie ganz am Anfang von allem stehen.

Meine Eltern haben ihr Leben natürlich viel besser geregelt. Die haben zuerst studiert, dann haben sie sich kennengelernt, dann haben sie ganz viel zusammen unternommen und dann haben sie geheiratet. Und als mein Vater ganz viel Geld verdient hat, haben sie zum ersten Mal miteinander geschlafen. Und irgendwann bin ich dazugekommen. So hätte ich das eigentlich auch machen sollen. Wäre vielleicht doch besser gewesen, wenn ich auf meine Mutter gehört hätte. Die hat nämlich immer zu mir gesagt: »Man muß doch wohl nicht immer gleich miteinander ins Bett springen!« Mann, die Frau weiß doch gar nicht, was Sache ist. Ausgerechnet die will mir erzählen, wann ich mit wem an welchem Ort wie oft zu ficken habe??? Aber jetzt glaube ich langsam, meine Mutter hat doch Ahnung. Ich meine, ich fühle mich echt wie der letzte Spacko: Nicht studiert, nicht geheiratet und trotzdem schon ein Balg am Hacken. Schließlich bin ich erst 24 und ich verdiene noch nicht einmal Geld!

14. TAG

David

Gestern abend natürlich doch nicht mehr bei Kathrin vorbei, sie war nicht zu Hause. Später mit Tim trinken gegangen. Der hat wieder Geschichten erzählt, meine Fresse! Es hat sich scheinbar bis zu ihm herumgesprochen, daß Kathrin im Moment viel mit Marc rumhängt. Kein Wunder, daß sie nie Zeit hat. Und auf ihrem Handy geht immer nur die Mailbox ran. Um 4 Uhr lag ich dann heulend im Bett, weil alles so furchtbar ist. Warum kommt das immer so geballt? Noch mal die letzten Tage im Tagebuch nachgelesen. Schon erschreckend, daß es im Moment so drunter und drüber geht. Sophie schwanger, Kathrin voll komisch, Kai schlägt um sich – wie soll das nur weitergehen? Und meine Magisterarbeit? Und meine Jobs? Wo ist der Silberstreif am Horizont? Einen kleinen Lichtblick gab es heute wenigstens: mein Auftritt beim Piratensender Twen FM. Da mache ich eine Show, jeden Donnerstag von 20 bis 22 Uhr. Hat total Spaß gemacht. Es haben sogar ein paar Leute angerufen und gesagt, sie würden regelmäßig meine Sendung hören. Das tat gut. Selbst aus Friedrichshain rief jemand an. Der Sender hat aber auch wirklich eine sensationelle Reichweite. Funkt bei gutem Wetter bis rüber nach Kreuzberg und in den Wedding hoch. Und das kommt alles aus einer Box, die nicht größer ist als ein durchschnittlicher Hi-fi-Verstärker. Piratenradio ist der Knüller, da gibt es nichts zu meckern. Es gibt zwar kein Geld, aber man kann spielen, was man will, muß keine Werbung, keine Verkehrshinweise ableiern und kann erzählen, wozu man gerade Lust hat. Ideal für den Selbsthype und das Verbreiten von Tratschgeschichten. Schneller als über Funk kann man Gerüchte nicht verbreiten. Habe ich später im *WMF* voll mitbekommen. Da haben mich doch drei Leute auf meine Bemerkung von letzter Woche angesprochen, daß Cool Kai derzeit wohl ein paar Probleme habe. Rache ist süß, dachte ich nur.

Kai

Sophie liegt schon wieder auf meinem Bett. Ihr ist schlecht. Sie hat sich schon zweimal übergeben und jetzt mache ich ihr Grießbrei mit Birne. Darauf hat sie Appetit. Irgendwie erweicht die Situation gerade mein Herz. Eben habe ich auf der Bettkante gesessen, ihr die Haare aus der klebrigen Stirn gestrichen und ihre Wangen waren ganz rot. Sie hat mich aus verheulten Augen angesehen und »Danke!« geflüstert. Irgendwie empfinde ich doch etwas für sie. So, wie sie unter meiner karierten Decke liegt und dieser kleine Bauch raussteht. Da hätte ich am liebsten hingefaßt. Aber ich traue mich nicht. Sie ist mit ihrem Bauch ziemlich empfindlich. Das habe ich vorhin gemerkt. Da habe ich nämlich zu ihr gesagt: »Du hast ja schon einen richtigen Bauch!« Und Sophie hat prompt einen ihrer berühmten Schreianfälle gekriegt: »Willst du vielleicht andeuten, daß ich fett bin?« und hat sich auf mein Bett geschmissen. Ich habe gesagt: »Wie kommst du denn darauf?« Und Sophie hat geschrien: »Ich habe noch gar keinen Bauch, du Blödmann!« Also lasse ich meine Pfoten lieber weg von ihrer kleinen Kugel. Ich will nicht noch mal angebrüllt werden. Und am Ende glaubt sie noch, daß ich jetzt doch einen auf Familie machen will. Den Eindruck darf ich um Gottes willen nicht erwecken.

Marc schuldet mir immer noch Geld. Ich muß da echt mal vorbeigehen und sehen, was los ist. So läuft das nämlich nicht. So geht man nicht mit mir um. Der Wind hat sich gedreht. Ich habe jetzt Verantwortung zu übernehmen und das heißt auch, das Geld zusammenzuhalten.

Sophie läuft gekrümmt an der Küchentür vorbei ins Bad. Sie sieht total geschwächt aus. Die Tür klappt. Die Spülung rauscht. Das arme, kleine Muttchen. Nur gut, daß ich nicht schwanger bin.

Jetzt klingelt auch noch das Telefon. Das kann ich ja überhaupt nicht gebrauchen. Das sind garantiert die Idioten vom Titi-Scheiß. Die rufen hier inzwischen schon Tag und Nacht an, weil denen zwei Schreiber abgesprungen sind, die keine Lust mehr auf Für-umsonst-Schreiben hatten. Tja, und jetzt soll ich das Loch stopfen. Da lache ich ja. Entweder Kolumne oder gar nichts. Nur zu Kolumnen fallen mir passende Themen ein. Und wenn die mich jetzt hier unter Druck setzen, riskieren die echt, daß ich auch noch abspringe. Die mit ihrem Stümper-Magazin. Cool sind die schon lange nicht mehr. Die glauben ja noch an die Macht von Räucherstäbchen. Wirklich. Die sollen mich bloß in Ruhe lassen. Ich kann im Moment nichts schreiben. Ich stecke in einer schweren emotionalen Krise!

Marc

Traum-Beerdigung

Auf einmal höre ich diese Musik. Ich erkenne sie sofort. »Christiansands« von Tricky. David hat sie aufgelegt. Für mich. Ich bin glücklich. Alles ist genauso, wie ich es mir gewünscht habe. Schade, daß ich sie nicht sehen kann. Meine Gäste. Meine Freunde. Meine Familie. Meine Beerdigung. Es ist stockdunkel. Ich liege auf dem Rücken. Ich atme tief und langsam. Einen Moment lang wundere ich mich, daß genügend Sauerstoff im Sarg ist. Wahrscheinlich befinden sich unter der Wattierung klitzekleine Luftlöcher. Ich lebe. Ich bin so aufgeregt. Gleich werde ich das erste Klopfzeichen geben. Natürlich werden sie es zunächst nicht glauben. Sie werden denken, es ist bloß ihre Einbildung. Dann klopfe ich wieder. Diesmal etwas lauter. Draußen jetzt fassungslose Blicke. Wahrscheinlich zuerst von meinen Eltern und Geschwistern. Weil die am dichtesten dran sind am Sarg. Dann wird alles ganz schnell gehen. Hysterisches Heulen und Durcheinanderrufen. Nur der Bestattungsunternehmer wird cool bleiben und seinen Schraubenzieher aus dem Leichenwagen holen. Der schwere Deckel wird aufgehen und all ihre grenzenlose Liebe wird auf mich einstürzen. Gleich ist es soweit. Ich warte nur noch, bis die Musik zu Ende ist. Bis sie mich hinaustragen. Ich bin so aufgeregt! Ich höre Schritte. Mein Sarg schaukelt. Sie heben mich auf einen Rollwagen. Sie rollen mich ans Grab. Jetzt ist es soweit. Es klopft.

Was? Ich habe doch noch gar nicht geklopft. Es

klopft schon wieder. Diesmal lauter. Da klopft jemand von außen gegen meinen Sarg. Was soll das? Jemand klopft und ruft. Jetzt erkenne ich die Stimme. Es ist Kai. Spinnt der? Warum hämmert der mitten auf meiner Beerdigung auf meinen Sarg? Warum hält den keiner fest? *Ich* wollte doch klopfen. Das ist *meine* Beerdigung. Jetzt preßt er seinen Mund auf den Sargdeckel. Er röchelt durch die Luftlöcher direkt in mein Gesicht: »ICH BRAUCHE JETZT MEIN GELD! ICH BRAUCHE ES JETZT SOFORT! ICH WERDE VATER! GIB MIR MEIN GELD!« Mir schießen Tränen in die Augen. Ich unterdrücke mein Schluchzen, damit mich niemand hört. NIEMAND SOLL MICH MEHR HÖREN! Ich werde nicht klopfen. Kuhlt mich ein, ihr Mieslinge! Ich bin zu weich für diese Welt. Ich wache auf.

Himmel, es klopft tatsächlich! Kai steht an meiner Tür und ruft durch den Briefkastenschlitz. Ich erstarre unter der Bettdecke. Mucksmäuschenstill warte ich, bis er abzieht. Der wollte tatsächlich sein Geld.

15. TAG

Kai

Marc ist nicht mehr mein Freund. Das Leben verändert sich, wenn man plötzlich Vater wird. Da fängt man an zu selektieren: Wer paßt zu mir und wer nicht. Marc paßt nicht mehr. Auf den ist kein Verlaß. Gestern stand ich mit Sophie vor seiner Tür und habe geklopft und geklingelt. Aber der Idiot wollte nicht aufmachen. Da habe ich durch den Briefschlitz gesehen und auf den Dielen lagen seine Unterhose, seine Schuhe und seine Billig-Socken. Der Verräter war zu Hause.

Nachher macht so ein komischer Olaf eine Party. Den kenne ich auch nur um hundert Ecken. Aber Sophie hat gefragt, ob wir hingehen. Ich habe ja gesagt. Da gibt es dann jede Menge Alkohol umsonst und alle werden sich wieder mal hemmungslos betrinken. Nur ich nicht. Ich werde den Leuten zeigen, daß ich zu Sophie und meinem Kind stehe. Besonders der Dummkopf David wird Augen machen. Falls er da ist. Immerhin hat er sich ja wie blöde das Maul über mich zerrissen, weil ich mich angeblich nicht um Sophie gekümmert habe. Es dauert nun mal eine kleine Weile, bis man sich an so eine Tatsache gewöhnt hat. Im übrigen juckt mein Gipsarm wie Sau. Langsam gammelt die Haut darunter. Rumpimpern kann man mit dem Teil schon gar nicht. Das haben Muttchen und ich heute morgen versucht. Ja, tatsächlich, die hat bei mir übernachtet.

War richtig angenehm. So ein bißchen kuscheln und am Morgen aufwachen und rumpimpern. Die Sache war eben nur die, daß sie die ganze Aktion starten mußte, weil ich meinen Arm ja schlecht nutzen kann. Hinterher war ihr von dem Gerammel schlecht und das Gewürge ging wieder los. Ich habe wirklich das Gefühl, schwanger sein ist nicht das einfachste.

David

Ein tolles Gefühl, wenn man an einem Tag schafft, wofür man sonst immer Wochen braucht. An dem auch wirklich alles klappt, was man sich am Vorabend vorgenommen hat. Kleinigkeiten erledigen, Rechnungen bezahlen, waschen, die Küche putzen und schon lange überfällige Briefe und Mails schreiben. Wenn man in einer Krise steckt wie ich in der letzten Zeit, dann hat so ein durch und durch gecheckter Tag selbstreinigende Qualitäten. Dabei ist es erst mal ganz protestantisch einfach: Früh aufstehen und alles ist möglich. Nur die Vorbereitungen für meine Magisterarbeit, die habe ich auf Montag verschoben. Dieser Hawking kann warten.

Kurz nachdem ich heute mittag meine Küche geschrubbt hatte, kam Kathrin vorbei. Ich hatte sie seit drei Tagen nicht mehr gesehen. Unsere Verabredungen hatten nicht geklappt, sie war furchtbar busy und mir schien, daß das wie schon so oft der Beginn einer Phase war, in der man sich mal wieder nicht sehen würde. Das geschieht bei uns in periodischen Intervallen. Manchmal scheint es, als bräuchten Kathrin und ich solche Pausen, um nach einigen Tagen zu wissen, wie wichtig wir uns tatsächlich sind. Weil wir doch nicht voneinander lassen können, total fasziniert sind von den großartigen Eigenschaften des anderen und weil wir uns doch lieben. Als seltsame masochistische Zustände hat Tobias die Beziehung von mir und Kathrin mal bezeichnet. Wahrscheinlich hat er recht. So ist es halt. Jede Beziehung hat ihren eigenen Flavour und bei mir und Kathrin ist sonst eigentlich wirklich alles in Ordnung. Tobias meinte, er hätte bei so einem Heckmeck schon zweihundertmal Schluß gemacht. Ich nicht. Vielleicht liegt das am Alter, vielleicht an den stetig wachsenden Ansprüchen, vielleicht auch daran, daß man nach ein paar Krisen nicht sofort das Handtuch schmeißen will. Weil erstens gibt es tatsächlich nur sehr wenig interessante Menschen auf der Welt und zweitens wirklich nur ganz wenige, bei denen man das Gefühl hat, man könnte mit ihnen bis ans Ende seiner Tage immer über etwas Interessantes reden. So ist das mit Kathrin. Jedenfalls haben wir lange auf dem Bett herumgelegen, uns umarmt und viel erzählt. Was mit Marc los ist, wollte ich nicht wissen. Interessierte mich nicht. Denn was ich nicht weiß, macht mich nicht heiß. Als sie zur Tür hinausging, flüsterte sie, ich solle sie heute abend auf Olafs Party anmachen und dann verführen. Es ist das alte Spiel: Sie will immer wieder von neuem erobert werden.

Marc

Ich bin im Geschäft. Heute hab ich meinen ersten Tausender abgeholt. Die Aktion verlief recht glamourös. Hawking hat Stil, auch wenn er seine Versteckspiele etwas übertreibt. Als er anrief, hab ich ihn zuerst gar nicht erkannt. Er sprach durch einen Stimmverzerrer. Hörte sich gruselig an. Ein kratziger Sound wie aus einem Sprechgerät für Kehlkopfkranke. Vielleicht war es ja eins. Jedenfalls bestellte er mich wieder ins *Obst & Gemüse.* Da mußte ich dem Barkeeper ein Paßwort ins Ohr flüstern. Dafür bekam ich einen Caipiroschka und den Tausi. Hawking selbst ließ sich nicht blicken. Als ich aufstand, um zu gehen, schob mir der Barmann einen Umschlag rüber. Mein nächster Auftrag. Bingo!

Gerade fahre ich im Taxi über die Jannowitzbrücke nach Kreuzberg. Aus dem Radio zischen Knorkator: »Böse! Ich bin so böse!« Der Fahrer lobt den Song und dreht lauter. Ich bin heiß auf Olafs Party. Endlich treffe ich Kathrin wieder! Draußen huschen die achtziger Jahre vorbei: *Bierhimmel, SO36, Schnabelbar.* Wie kann man heute noch in Kreuzberg wohnen, ohne zu verwesen? Na ja, Olaf ist eben ein Retro-Typ. Hat sich ja auch mein Stroboskop ausgeliehen. Hoffentlich hat auf der Party jemand gute Drogen dabei. Nach so viel Wissenschaft braucht mein Gehirn dringend Abwechslung.

16. TAG

David

War das gestern ein Spitzenabend! Olaf schafft es wirklich, die besten Parties auf die Beine zu stellen. Da stimmte einfach alles. Die Laune der Leute war dementsprechend gut. Selbst solchen heavyweight party animals wie Tobias oder Zeynep hat es den Schrank ausgeräumt. Ein Fest wie gestern, das sind die Parties, an die man sich nach Monaten, vielleicht sogar Jahren noch erinnert. Perfekt. Die Leute, die Musik, die Atmo – alles. Aber der Erfolg einer Party liegt ganz klar immer an den Veranstaltern. Die meisten von denen wollen nur Geld verdienen und geben sich keine Mühe, ihren Gästen eine gute Zeit zu bereiten. Olaf schon. Vielleicht sollte er das professionell machen. Muß ihm mal jemand sagen. Denn er hat ein wirklich selten sensibles Gespür für die richtige Mischung des Publikums, für die richtige Wahl der Getränke, dafür, daß genügend Drogen am Start sind, und vor allem weiß er intuitiv, welche DJs er casten muß. Das ist bereits das dritte Mal, daß er es geschafft hat, zwei DJs, die nicht wissen, was der andere spielt, zusammen auftreten zu lassen. Und der Sound hat insgesamt trotzdem gestimmt. Klappt sonst nie. Denn zwei DJs zusammen auflegen zu lassen, die nicht wissen, welchen Sound der andere fährt, das ist so, als müßten sich Michael Schumacher und Eddie Irvine beim großen Preis von Monza abwechselnd einen Ferrari teilen. Eigentlich unmöglich. Mit diesem Daniel aus Frankfurt, dem anderen DJ, hat es trotzdem funktioniert. Er spielte zwar eine Zeitlang ziemlich soulige, angedubbte Sachen, doch am Ende war das eine ideale Ergänzung zu meinem Gerocke. Alle haben getanzt. Die Tanzfläche war nonstop voll. Irgendwann habe ich selbst abgehottet wie blöd. Die Genußmittelintoxikation hat am Ende auch gestimmt. Vier Joints, ein paar Zigaretten, drei Wodkas, drei Bier – ich war herrlich breit. Als dann später noch Kathrin kam, war alles perfekt. Marc, der mit mahlendem Kiefer durch die Wohnung von Olaf sprang, hat zwar am Anfang komisch geschaut, uns dann aber beide vor lauter Glück umarmt. Ihm ging es offensichtlich wunderbar. Aus Marcs kuchentellergroß geweiteten Pupillen strahlte helles Sonnenlicht. Kai war natürlich auch da. Stand ein bißchen verloren herum. Arme Wurst. Wahrscheinlich, weil sein Gipsarm mittlerweile schon richtig ranzig geworden ist. Wir haben uns nur doof angeguckt, das war's dann an Kommunikation. Später habe ich die ganze Zeit mit Kathrin rumgeknutscht. Teenagermäßig. Total aufgeregt. Das Schönste überhaupt. Um vier mußten wir einfach abhauen, Kathrin hielt es nicht mehr aus. Im Taxi ging es dann voll ab. Der Taxifahrer hat vor lauter Rückspiegelgucken fast einen Unfall gebaut. Uns war das zu dem Zeitpunkt aber sehr egal, solange er uns nur schnell nach Hause brachte. Im Treppenhaus riß ich Kathrin schon im zweiten Stock die Kleider vom Leib. Halbnackt stürzten wir in die Wohnung. Endlich.

Kai

Eben hat meine Mutter angerufen und wollte wissen, wie es mir geht und was ich so mache. Natürlich habe ich sie angelogen: »Mir geht es gut! Ich bin fleißig!« Aber in Wirklichkeit geht es mir echt scheiße. Ich sitze ungeduscht auf meinem Bett und vermisse Sophie.

Nachher frage ich Sophie, ob sie mich heiraten will. Ist doch besser für das Kind. Hauptsache, die ruft überhaupt noch mal an. Ich bin ja schon ein bißchen in Panik, weil Marc gestern so blöde auf der Party rumgelabert hat. Ich hätte den Penner echt links liegenlassen sollen. Ging aber nicht, weil der plötzlich mit 1000 Mark vor mir stand, nachdem ich ihn tüchtig ignoriert hatte. Also war ich wieder nett zu ihm und habe gedacht: »Lieber keine Freundschaft aufs Spiel setzen! Wer weiß, wie sehr man die Leute hinterher noch braucht, wenn man mit Kind dasteht!« Also habe ich angeboten, ihn im Taxi mitzunehmen. Der hat natürlich nichts dagegen gehabt. Sophie ist noch dageblieben, weil sie angeblich bei ihrer Freundin übernachten wollte. Aber als ich dann gerade aus der Tür bin, höre ich, wie sie zu irgendeinem Typen geraunt hat: »Na, mein kleiner, süßer Cowboy! Endlich sehen wir uns mal wieder!« Und er hat seine dicke Arbeiterhand auf ihren kleinen Kugelbauch gedrückt. Das war schon nicht so schön. Im Taxi hat mir der prollige Marc dann noch richtig den Rest gegeben: »Willste echt Vater werden? Haste dir das auch genau überlegt? Du bist doch noch voll das Kind!«

Seitdem mache ich mir irre Sorgen, daß Sophie mich nicht ernst nimmt und die Geschichte lieber alleine durchziehen will. O Gott, nachher frage ich sie echt erst mal, ob sie mein Weib werden will. Die süße, kleine, zarte Sophie. Meine Frau heißt Sophie. Himmlische Sophie mit dem kleinen Bäuchlein. Ruf endlich an!

Sogar die vom Titi-Ficki haben es aufgegeben, mir den Anrufbeantworter vollzusülzen. Jetzt habe ich es geschafft. Die Jungs haben keine Lust mehr auf mich und das heißt: »Auf Wiedersehen, Kolumne!« Dabei wollte ich über »Väter in der Großstadt« schreiben.

Marc

Schock! Ich habe Hawkings Umschlag auf der Party verloren! Es ist 10 Uhr morgens. Ich muß sofort zurück nach Kreuzberg.

Gerettet! Ich habe ihn gefunden. Er lag im Bad in einer Rotweinlache. Die Zettel stinken etwas, aber alles ist lesbar. Olafs Wohnung war ein Desaster. Zum Glück war Olaf so im Koma, daß er mich nicht gebeten hat, beim Aufräumen zu helfen. Muß noch ziemlich eskaliert sein. Ich bin irgendwann gegangen, weil Kathrin dauernd mit David geknutscht hat. Obwohl ich mich dagegen wehrte, war ich ganz schön eifersüchtig. Wenn Kathrin ihre Zunge in Davids Mund steckt, muß ich nicht in der ersten Reihe sitzen. Ich hab mir statt dessen eine Pille in den Mund gestopft. Das war ein Fehler. Diese grünen Es mit den drei Fragezeichen drauf sind gnadenlose Gedächtniskiller. Mir fehlt der komplette Nachhauseweg. Keine Spur von Erinnerung. Als hätt ich mich von der Party direkt ins Bett gebeamt. Genau das wünsch ich mir zwar manchmal, aber jetzt find ich es unheimlich. Wer weiß, was die drei Fragezeichen als nächstes löschen. Meinen Stadtplan von Berlin? Plötzlich weiß ich nicht mehr, wo der Bäcker ist und wo meine Freunde wohnen. Oder eine ganze Freundschaft wird gelöscht. David würde mich anrufen und ich ihn für einen anonymen Anrufer halten!

Stichwort: ausgelöschte Freundschaft – da muß ich an Kai denken. Nein, er ist immer noch mein Freund, aber es kriselt. Gestern komme ich auf die Party und er grüßt mich nur aus dem Augenwinkel. Dann dreht er sich weg, ohne mit mir zu reden. Da bin ich gleich in die Offensive gegangen. Hab ihm den Tausender von Hawking in die Hemdtasche geschoben und seine Wange getätschelt. Der soll sich nicht so anstellen.

Hey, jetzt fällt es mir überhaupt wieder ein! Diese Sophie bekommt ein Kind von Kai. Ich bin wohl ziemlich der letzte, der das erfahren hat. Aber Kai hat ja tagelang kaum mit mir geredet. Jetzt hat es mir Olaf erzählt. Kai und Vater, das kann ich mir absolut nicht vorstellen. Kai ist doch selbst noch ein Kind.

17. TAG

David

Das mit der Magisterarbeit hat sich immer noch nicht geklärt. Ich bin mir nämlich noch unsicher, ob ich diesem Hawking vertrauen kann. Und 15000 Mark ist echt eine Stange Geld. Die müssen erst mal aufgetrieben werden. Außerdem kann ich mir wirklich nicht vorstellen, daß Hawking jemand in petto hat, der sich zu diesem Thema die notwendige Literatur besorgen kann. Vor allem nicht die englische. Obwohl das Gespräch mit Hawking heute mittag überraschenderweise ganz gut gewesen ist. Von meinen Bedenken habe ich ihm natürlich nichts erzählt. Daß ich ihn erst jetzt angerufen habe, hat ihm komischerweise nichts ausgemacht. So was müßte man sich ja auch gut überlegen. Bis Ende der Woche würde ich ihm Bescheid geben, verabschiedete ich mich. »Keine Hektik«, meinte er nur und hängte auf.

Später rief zu meinem großen Erstaunen Kai an. Er bräuchte dringend seine Gimme 5-Jacke wieder, die er mir nach einem Fotoshooting im Januar geliehen hat. Er hätte schon ganz vergessen, daß die seit Monaten bei mir im Kleiderschrank hänge. Schluck! Tut sie das wirklich? Und warum brauchte er diese Daunenjacke, jetzt? Im Mai?

»Zu busy im Moment, bin kaum zu Hause. Aber laß uns Ende der Woche noch mal telefonieren, ich schaue in der Zwischenzeit mal nach.«

»O.k., ich brauch sie aber dann.«
»Kein Problem.«
»Ciao.«
Was das wohl bedeutet?

Kai

Ich bin extrem inspiriert. Gestern habe ich schon fünf Seiten geschrieben und heute noch mal drei. Ich glaube, ich schreibe einen Roman. Ich glaube, ich schreibe einen Liebesroman. Ich bin inspiriert und verliebt. In Sophie, die Mutter meines Kindes. Sie hat eben von der Arbeit aus angerufen und nachher treffen wir uns. Ich bin sehr verliebt und darum werde ich ihr den Roman widmen. Stört nur die Scheiß-Paranoia. Ja, ich habe Angst, daß Sophie mich nicht liebt. Darum wasche ich mir jetzt die Haare, rasiere mich, dusche, ziehe mich lässig an, lege hübsche Musik auf und lade sie später zum Essen ein. Richtig schick. Dann weiß sie schon mal, daß ich lässig bin und Geld habe. So gut kennen wir uns ja auch noch nicht und wer weiß, was diese Dreckschleuder David für Frechheiten über mich verbreitet hat. Dem muß ich massiv entgegenwirken. Meine größte Sorge ist, daß David überall herumerzählt, ich sei ein sozial verkümmerter Vollidiot. Jetzt glaubt sie wahrscheinlich, daß ich keine Freunde habe und das ist so ungefähr das unerotischste überhaupt. Ich muß Freunde um mich scharen. All die Fratzen, die mir im normalen Leben scheißegal sind, weil von denen nichts als Grütze über den Tisch wandert. Aber für Sophie tue ich alles. Vielleicht erstatte ich Marc als Freundschaftspräsent die restlichen 2000 Mark. Danach muß er mich lieben. Vorhin habe ich schon bei David durchgeklingelt und mich kräftig eingeschleimt, damit der nicht noch mehr Schrott über mich verbreitet. Der soll allen erzählen, wie reizend ich bin. Meine kleine Sophie, du sollst mich lieben!

Schwitz, in letzter Minute das Rennen gegen die Post gewonnen! Morgen früh hat Hawking seine Ware. Das war knapp. Dabei hat die Arbeit selbst nur vier Stunden gedauert. Das Thema war wie für mich gemacht: »Slam Poetry: Dichter werden Popsternchen«. Zufällig kenn ich mich da aus. Ich bin selbst mal auf Poetry Slams aufgetreten. Das sind Dichterwettkämpfe, wo jeder fünf Minuten Zeit hat, mit seinen Texten das Publikum in Ekstase zu versetzen. Eine Jury hält wie beim Eiskunstlauf Punktetafeln hoch und der Sieger bekommt eine Tüte Drogen.

Heute schnappte ich mir einfach einen Zeitungsartikel, den ich letztes Jahr darüber geschrieben habe. Den mästete ich mit Zitaten, bis er fett war wie eine Seminararbeit. Dann würzte ich das Teil mit raffinierten Begriffen wie *Club Culture, basisdemokratisches Ritual, Avant-Pop, Dionysos 69*. Für die erste und die letzte Seite schluckte ich jeweils ein Täfelchen Dextro Energen und gab mir etwas Mühe. Gegen Ende entwickelte ich tatsächlich so was wie echten Ehrgeiz. Als ich das merkte, hörte ich sofort auf. Ist ja schließlich nicht meine Arbeit. Was hab ich davon, wenn irgendein Kiddy eine Eins bekommt? Ausreichend reicht aus.

Ich brachte das Ding zur Nachtpost in der Budapester Straße. Kurz vor zwölf bekam ich meinen Stempel. Da geschah etwas Seltsames. Der Boden der Post bebte. Bald erkannte ich die Ursache: Im Keller des Gebäudes liegt die Achtziger-Jahre-Disco *Linientreu* und rockt von unten in die neue Post rein. »Sind das Depeche Mode?« fragte ich den Beamten. Er lauschte, lächelte und nickte. Ich blieb noch eine Weile in der Schalterhalle stehen. Grelles Neonlicht. Hypnotisch wippten die gelben Reklametafeln im Beat der Bässe. Ich begann mit dem Gedanken zu spielen, einen nostalgischen Blick in den Laden unten zu werfen. Das letzte Mal war ich in den Achtzigern dort. Sie spielten Devo, Ramones und Psychedelic Furs. Bei den Fans hieß das *Linientreu* damals *treu*. Wegen seiner Lage war es am Wochenende von uncoolen Westdeutschen überlaufen. Und heute feiern sie Depeche-Mode-Parties – natürlich geh ich auf keinen Fall da unten rein! Ich sage nein zu Retro und ja zum Leben.

18. TAG

Kai

Sophie arbeitet in ihrer blöden Castingagentur. Da laufen nur coole Freaks rum und ich liege zu Hause und mag nicht mal mehr meine R.-Kelly-CD hören. Ich bin verloren, wenn Sophie mich nicht will. Eigentlich war der Abend gestern total nett. Wir waren im *Cantamaggio* und es hat sich herausgestellt, daß Muttchens Vater Jurist ist. Perfekt. Dann kann ich Sophie sogar meinen Eltern vorstellen. Außerdem kannte ich ein paar Leute. Die sind an unseren Tisch gekommen und haben mich gefragt, wie es mir geht. Sophie war gut gelaunt, obwohl ihr schlecht war, und sie hat zu mir »Mein Kleiner!« gesagt. Heißt das, daß sie mich liebt? Solange ich das nicht genau weiß, kann ich ihr doch unmöglich einen Roman widmen!

Meine Mutter nervt total! Mittlerweile ruft die jeden Tag an. Morgens und abends. Ich habe das Gefühl, daß sie so ein Gefühl hat. Immer fragt sie, wie es mir geht. Und immer, wenn ich sage: »Mir geht es gut. Es ist alles in Ordnung!«, fragt sie, ob ich mir wirklich ganz sicher bin. Ich glaube, meine Mutter vermutet etwas. Die hat leider ein Gespür für krumme Geschichten. Aber eigentlich ist es sowieso albern, weiter so blöde rumzulügen. Schließlich habe ich ein gutes Verhältnis zu meinen Eltern. Die geben mir Geld, weil sie mir vertrauen. Nur ich vertraue denen scheinbar kein Stück.

David

Die 300 Mark, die mir Olaf vorvorgestern für das DJen auf seiner Party in die Hand gedrückt hat, sind schon wieder flöten. Wo bleibt eigentlich das ganze Geld, das ich verdiene? Ein paar Platten gekauft, den Kühlschrank gefüllt, einmal essen gehen: Batsch, ist die Gage verschwunden. Wie machen das eigentlich all die anderen Leute? Vor allem die, die nicht Geld von ihren Eltern bekommen. Von meinen Freunden arbeiten wirklich nur die wenigsten richtig, also im Büro. Der Rest ist eher allroundcheckermäßig unterwegs oder verdient seine Kohle mit dem, was er richtig gut kann. Tobias, der gewinnt andauernd Kunstpreise, Kathrin schreibt jetzt für die Süddeutsche, Thorsten dealt, Sophie lebt vom Erbe ihrer Eltern und der Rest? Kai ist ein reicher Sack, Tim auch, Patrizia, Marc und Laura haben irgendwie auch immer Geld. Und Olaf? Weiß ich eigentlich nicht so genau, aber richtig hart rackern muß wirklich niemand von uns. Vor allem haben alle irgendwie immer Zeit, an Wochentagen morgens lange zu brunchen oder an einem Dienstag auch ohne Probleme erst im Morgengrauen nach Hause zu gehen. Schon irgendwie fucking privilegiert, aber vielleicht liegt das auch an den flexiblen Arbeitszeiten? Viele arbeiten nachts, manche so zwischen 3 Uhr mittags und 11 Uhr abends, ich meine, da kann man natürlich schon eine ganze Menge machen zwischendurch.

Egal, ich muß jetzt sehen, wie ich die nächsten Tage über die Runden komme. Mein Dispo hat nämlich wegen winterlicher Faulheiten gerade Frühjahrspause. Den nächsten Gig habe ich erst in einer Woche in Wien. Und bis dahin muß ich noch ein paar Rechnungen begleichen, sonst wird mir wieder das Telefon abgestellt. Außerdem gibt es übermorgen ein brutal wichtiges Abendessen im *Modellhut* und da brauche ich mindestens 150 Mark, um ohne Streß repräsentieren zu können. An die Magisterarbeit denke ich jetzt mal lieber nicht. Da muß ich mir noch was überlegen.

Marc

Genial! Mein Leben läuft wieder. Heute fühl ich mich, als hätt ich einen Oscar gewonnen. Für das rasanteste Comeback. Nicht mal drei Wochen her, seitdem Mr. Amtsgericht zu Besuch war. Jetzt klingelt bald Mr. Anlageberater! Es kommt alles darauf an, mit den richtigen Partnern zu arbeiten. Hawking ist mein Mann. Noch nie hab ich jemanden getroffen, der so schnell zahlt. Und der Tausi heute ist ja bloß die Vorspeise. Hawking kam selbst ins *Obst & Gemüse*. Er zeigte sich äußerst zufrieden mit meiner Ware. Auch mein Arbeitstempo findet er angenehm. Endlich einer, der darauf anspringt! Die Schlaftabletten an der Uni fanden das immer unseriös, wenn etwas schnell geht. Diese Langweiler! Die leben doch in Superzeitlupe. Jedenfalls gibt Hawking mir jetzt einen Auftrag über 10000. Der nächste Magisterjob, der reinkommt, geht an mich. Er rechnet noch in dieser Woche damit. Vorschuß gibt es auch. Perfekt. Ich pack meinen Kram und flieg in die Sonne. Irgendwo unter Palmen hack ich die Arbeit in den Laptop. Ganz relaxed. Japan wär natürlich das beste ...

Gerade hat Kai angerufen. Ganz was Neues: Er wollte kein Geld, er wollte David, Sophie und mich zum Tee einladen. Zum Tee! Der macht jetzt richtig auf Familie. Komisch, wenn Menschen diesem Nest-Instinkt verfallen. Hab ich schon öfter erlebt. Plötzlich verschiebt sich der Lebensschwerpunkt: Von Ekstase zu Einbauküche. Am Ende fragt er mich noch, ob ich Trauzeuge werden will. Bloß das nicht! Ich finde Hochzeiten trauriger als Beerdigungen. Der Tod läßt sich nicht vermeiden, die Ehe schon. Na ja, vielleicht ist diese Sophie ja anders drauf und spielt nicht mit. Hoffentlich.

Danach habe ich gleich David angerufen. Ganz entspannt haben wir über Kai und seine Familienallüren gelästert. Zum Glück ist David DJ und kein Möchtegern-Kinderwagenschieber. David ist lässig. Wir schlafen beide mit derselben Frau und verstehen uns trotzdem. Gut so. Eifersucht ist primitiv.

19. TAG

Kai

Sophie duscht gerade. Wir haben eben noch schnell eine Nummer geschoben, obwohl ich gar keine richtige Lust dazu hatte. Mir scheint, Sophies Bauch wird immer dicker und da habe ich irgendwie das Gefühl, daß es nicht gut ist, in so einem Zustand Sex zu haben. Aber Sophie hat gesagt, daß ich mir keine Sorgen zu machen brauche. Total leidenschaftlich ist die geworden und ich habe schnell die Augen zugemacht. Jetzt kommen gleich Marc und David zum Teetrinken. Wir machen zu viert einen gemütlichen Nachmittag, damit Sophie merkt, daß ich beliebt bin und Freunde habe.

Das ist mir gerade alles ein bißchen viel.

Eigentlich würde ich gerne mal wieder alleine sein und über alles nachdenken. Sophie hat mich eben auch genervt, weil sie den Klodeckel runtergeklappt hat. Das mag ich nicht. Zu Hause habe ich gelernt, daß man Klodeckel nicht runterklappt, weil das kleinbürgerlich ist. Mein Kind soll keine kleinbürgerliche Mutter haben. Darum habe ich den Klodeckel vor ihren Augen wieder hochgeklappt, damit sie es lernt. Die hat vielleicht geguckt. Wirklich, ich dachte, bei Juristen zu Hause klappt man nie die Klodeckel runter. Vielleicht sind das neureiche Juristen und dagegen hat mein Vater was. Jetzt bin ich ganz irritiert und gleich kommen auch noch die beiden

Proleten zum Teetrinken und eigentlich habe ich überhaupt keine Lust darauf, weil ich die total langweilig und unerzogen finde. Außerdem ist es mir gerade egal, was Sophie über meine allgemeine Beliebtheit denkt. Erst mal soll sie lernen, den Klodeckel nicht runterzuklappen.

David

Es mußte ja so kommen. Kai möchte wieder Freund werden. Schon seltsam, daß er nach all den uncoolen Aktionen plötzlich begreift, daß ganz alleine zu sein nicht gerade das Wahre ist. Zum Teetrinken sollen Marc und ich zu ihm kommen und offiziell Friedenspfeife rauchen. Mit Marc, das ist kein Problem, auf Kai hab ich weniger Lust.

Kais Gimme 5-Jacke habe ich natürlich mit Absicht vergessen. Die kann er haben, wenn er sich etwas entspannt hat. Nächsten Winter vielleicht? Mal schauen. Marc und ich haben uns schon vorher im *Kamun* getroffen, um ein bißchen zu reden. Ich hatte noch meinen alten Kumpel Heiko aus Stuttgart dabei. Wir sehen uns in letzter Zeit sehr selten, sind aber immer noch dicke Freunde. Wunderbar, jemand zu haben, den man nicht immer sieht, von dem man aber genau weiß, daß er sich weiterentwickelt. Alle Arten von Ereignissen, von Plattenveröffentlichungen, Zeitschriftenartikeln, Filmen etc. genauso aufmerksam verfolgt wie man selbst. Und vor allem hat Heiko als Auswärtiger immer einen ganz guten Blick auf die Dinge, die hier so passieren. Das ist eine schöne Bereicherung. Mit Heiko kann ich außerdem total ungezwungen über private Sachen reden, weil der ganze lokale Szenescheiß für ihn keine Rolle spielt. Das nervt mich bei den anderen immer extrem. Wahrscheinlich ist Heiko sogar mein bester Freund.

Nachdem wir uns auf zwei mächtige Falafel-Teller gestürzt hatten, erzählte Marc, er habe sich von Kai

Geld geliehen. Das wußte ich gar nicht. Deswegen hatte Marc wohl auch ein paar Problemchen mit Kai. Geld zu leihen ist echt ein bißchen heikel. Aber Kai schadet das bestimmt nicht, der hat ja eh genug davon. Das Thema Kathrin haben wir großräumig umschifft und uns lieber über anstehende Parties, neue Platten und Bücher unterhalten. Eigentlich wollte ich ihm noch von der Geschichte mit Hawking erzählen, aber das war mir dann doch zu heiß.

Irgendwann fing Heiko an, über »Matrix« zu reden und was für ein großartiger Film das sei. Würde er sich doch gleich noch mal anschauen. Okay, dachte ich mir, Kai ist wirklich nicht so wichtig und ich habe ja sowieso keine Lust auf sein Gejammere. Wir sind dann spontan ins Kino gegangen. »Matrix« war echt die Bombe. Lange nicht mehr einen Film gesehen, der so geflashed hat.

Marc

Bei Kai war's flau. Ich glaube, er hat mich nur eingeladen, um mit seinem neuen Tee-Service zu protzen. Hätte bloß noch gefehlt, daß er mich bittet, in seiner Wohnung die Schuhe auszuziehen. David war schlau. Der ist gar nicht erst aufgekreuzt, sondern hat sich mit seinem Freund Heiko ins Kino abgesetzt. Jedenfalls ging ich irgendwann dazu über, deftige Drogen-Stories aufzutischen, um Leben in das lahme Teehaus zu bringen. Das hat auch eine Zeitlang funktioniert. Sophie schaute ziemlich betroffen und Kai meinte tatsächlich: »Drogen sollte man in unserem Alter doch nicht mehr nötig haben.« Dabei ist der drei Jahre jünger als ich! Schließlich habe ich mit Sophie noch kurz über die Welt der Models, Ringblitze und Weichzeichner gequatscht und bin dann abgezischt.

Eben rief Olaf an, der mir damals den Kontakt zu Hawking vermittelt hat. Ich war superfroh, endlich mit jemandem über das Geisterschreiben reden zu können. Er beglückwünschte mich zu meinen Erfolgen. Gleichzeitig warnte er mich vor Hawking. Der Mann sei nur nett, solange es läuft. Ein Geisterschreiber, der während eines Jobs abgesprungen ist, hatte plötzlich kein Auto mehr. Ein anderer kam aus dem Urlaub und seine Wohnung war vollgesprüht mit schwarzen Zombie-Graffiti.

20. TAG

Kai

David ist gestern einfach nicht zum Teetrinken gekommen. Der hat sich nicht mal abgemeldet. Der ist einfach nicht gekommen. Das hat keinen guten Eindruck gemacht, weil ich Sophie ja schließlich zeigen wollte, wie beliebt ich bin. Natürlich hat Sophie sofort mitbekommen, woher der Wind weht, und hat mit dummem Gequakel versucht, die Stimmung zu retten. Da war nichts mehr zu retten. Ich hätte mich am liebsten ganz schnell in mein Schlafzimmer zurückgezogen. Aber da war ja noch Marc und der war einfach nicht mehr aus der Wohnung zu kriegen, weil Sophie ihn so zugetextet hat, daß alles zu spät war. Mann, kann die Tante quakeln. Ich mußte mich wirklich zusammenreißen, vor Marc und Sophie keinen hysterischen Anfall zu bekommen. Vor allen Dingen, weil dieser Marc dann auch noch angefangen hat, über Drogen zu philosophieren. Das ist doch echt kein Gesprächsthema für schwangere Frauen. Trotzdem habe ich geschafft, ruhig zu bleiben. Sehr seltene Leistung. Meine Mutter mag das auch überhaupt nicht, wenn Leute einfach so viel quasseln. Meine Eltern haben sowieso nicht gerne Besuch. Die haben lieber ihre Ruhe, weil sie das dumme Gequatsche von den ganzen Leuten nicht ertragen. Meine Eltern sagen, daß das Zeitverschwendung ist. Sophie und Marc haben mir jedenfalls den letzten Nerv geraubt.

Schließlich haben die über nichts anderes als über irgendwelche Shootings palavert. Von Shootings will ich ja sowieso nichts mehr wissen. Die Model-Sache habe ich nämlich an den Haken gehängt. Das ist unter meinem Niveau. Aber Marc war ganz heiß drauf und hat festgestellt, daß er und Sophie ein paar gemeinsame Bekannte aus der »Szene« haben. Wirklich peinlich finde ich das. Vor allen Dingen, weil Sophie erst vor ein paar Tagen zu mir gesagt hat, daß sie keine Lust mehr auf Casting hat, weil sich alle immer so schön vorkommen und die ganze Branche so oberflächlich ist.

Da konnte es mich vorhin auch gar nicht mehr versöhnlich stimmen, daß Sophie zum ersten Mal den Klodeckel nicht runtergeklappt hat.

David

Mein Leben ist gerettet. Jetzt kann ich mich die nächsten Monate zurücklehnen. Dank meiner Oma. Sie schrieb mir heute, daß sie es nicht einsehen würde, daß wir Enkel nach ihrem Tod für ihre Hinterlassenschaft irgendwelche Erbschaftssteuer zahlen müssen. Daher möchte sie uns hier und heute etwas schenken. Wir könnten das Geld im Moment sicher besser gebrauchen als unsere Eltern. Womit sie natürlich recht hat. 20 000 Mark. Einfach so. Steuerfrei. Ist bereits auf mein Konto überwiesen worden. »Für Dein Sparbuch. Und alles Gute, Deine Oma Else. PS: Wir wollen dem Staat doch nicht unnötig Geld schenken.« – Ich bin platt.

Das verändert natürlich erst mal alles. Oder fast alles. Magisterarbeit: Du bist schon geschrieben. Ich glaube, ich rufe gleich mal Hawking an und schaue, wie schnell er liefern kann. Dann habe ich ein gewaltiges Problem weniger. Und vor allem jede Menge Zeit für die ganzen interessanten, aber nicht sonderlich lukrativen Jobs. Nach Abzug des Magisterarbeitshonorars für Hawking und seine Spezis bleiben noch fünftausend Kracher übrig. Damit dürfte ich ganz gut über die Runden kommen. Das muß natürlich gründlich gefeiert werden. Dieses Arbeitsessen im *Modellhut* muß ich vorher noch absagen, das wäre sowieso langweilig geworden. Ich glaube, ich werde lieber einen Tisch im *Carducci's* reservieren und ein paar Mädchen zum Essen einladen. Kathrin ist heute in Hamburg. Die bekommt von mir etwas zum Anziehen. Heiko muß natürlich auch mitkommen, schließlich ist er mein gutes Gewissen.

Marc

Mein Hoch nimmt kein Ende. So viele neue, prickelnde Möglichkeiten! Ich liege auf dem Balkon und schau in den Himmel. Wegfliegen werde ich auf jeden Fall. Nur wohin und vor allem: mit wem? Alleine reisen ist erbärmlich. Bloß kein lonely Rucksacktourist werden.

Kathrin. Das wär genial. Ja, ich will mit Kathrin wegfliegen! Tagsüber liegen wir im heißen Sand. Abends pflück ich uns eine Kokosnuß. Mittags, wenn sie schläft, schreib ich schnell ein Kapitelchen Magister. Das merkt sie gar nicht. Genausowenig wie ich. Eigentlich wird es ein einziger Traumtrip zu zweit. Noch nie hab ich mich getraut, länger als eine Woche mit einer Frau wegzufahren. Mit Kathrin möchte ich es unbedingt! Damit wir uns mal wirklich kennenlernen. Uns aufeinander einlassen. Ja, ich glaube, manchmal sind diese toleranten Multibeziehungen auch ein Ausdruck von Angst. Wenn ein Lover schlappmacht – nicht so schlimm, da köcheln ja noch zwei andere Affären. Immer schön das Risiko klein halten, damit bloß nichts weh tut. Aber ohne Wagnis keine Leidenschaft! Ich kann es spüren: Die Zeichen stehen auf Abenteuer und Veränderung!

Igitt, fast hätte mir eine Taube auf den Kopf geschissen. Hoffentlich bauen die Viecher kein Nest unter der Dachrinne. Die steinige ich! Jedenfalls muß ich das mit Kathrin geschickt einfädeln. Erst mal soviel Kohle ranschaffen, daß ich sie einladen kann. Da steigen die Chancen, daß sie mitkommt, gewaltig. Kathrin steht auf die Gentleman-Tour. Außerdem ist sie leider geizig. Ist bei ihr wohl ein Kindheitstrauma. Lehrerfamilie.

Ach so, da gibt's ja noch den ewigen Schönheitsfehler namens David. Der ist mir jetzt egal. Schluß mit den Skrupeln! Der Mann ist schließlich DJ. Der findet jemand Neues, noch bevor ich mit Kathrin in Tokio gelandet bin. Genau, Tokio wär das beste!

21. TAG

Kai

Die Zeit vergeht nicht. Die Sonne ist jetzt erst aufgegangen und scheint direkt auf mein Bett. Ich liege hellwach, mit weit geöffneten Augen da und drehe gleich durch. Sophie hat mich gestern abend sitzenlassen. Ganz alleine zu Hause. Ich habe gewartet und gewartet und nichts ist passiert. Um 3 Uhr war ich richtig am Ende und bin runter auf die Straße. Einen langen Spaziergang habe ich gemacht, damit die Zeit vergeht und ich bei der Gelegenheit sehen kann, ob ihr Auto vor ihrer Haustür steht. Ich bin runter nach Mitte und tatsächlich war ihr Auto auf dem Hinterhof geparkt. Da wußte ich, sie ist zu Hause, weil sie immer mit dem Auto fährt. Zuerst wollte ich wieder gehen, weil mich das stinkig gemacht hat. »Die dumme Kuh kann mich mal«, habe ich gedacht. »Mich läßt man nicht einfach sitzen.« Aber dann hatte ich plötzlich Angst: »O Gott, vielleicht ist ihr etwas passiert!« Nur darum habe ich bei Sophie geklingelt. Da braucht sie mich doch nicht gleich anzukeifen. Von wegen: »Bist du wahnsinnig, mich aus dem Bett zu klingeln? Ich brauche meinen Schlaf. Wenn ich dich hätte sehen wollen, wäre ich schon zu dir gekommen!« Ich muß sagen, das hat gesessen. Ich habe mich aufs höflichste entschuldigt, weil ich überhaupt nicht mehr wußte, wie mir geschieht, und bin ab nach Hause.

Jetzt schlägt mein Herz wie verrückt und ich weiß nicht, warum Sophie gestern nicht zu mir gekommen ist. Das verunsichert mich, weil ich dachte, daß mich Muttchen total klasse findet. Jetzt so etwas. Ich mag solche Geschichten überhaupt nicht. Die bringen mein emotionales Gleichgewicht total durcheinander. So schlecht geht es mir echt nur, wenn ich in einer Beziehung stecke. Das heißt, wenn ich mich emotional auf jemanden einlasse und mein Herz verschenke. Dann bin ich verletzlich. Das habe ich heute nacht schon alles genaustens analysiert. Da bringt es auch nichts, wenn ich mir die ganze Zeit einrede: »Sophie kann froh sein, daß sie so einen coolen Typen wie dich abbekommen hat! So einen findet die nicht noch mal!« Ich bin innerlich völlig nervös und aufgelöst. Ich wünsche mir, wieder glücklich zu sein. Herr meiner selbst zu sein. Ich will, daß alles gut ist.

Hat Marc nicht irgendwas von tollen Drogen erzählt?

Marc

Menschen, die morgens anrufen, mag ich nicht. Wenn morgens mein Telefon klingelt, wer kann das schon sein? Die Kripo. Die Zeugen Jehovas. Die Hausverwaltung. Verdammt, es ist 6 Uhr morgens! Eben hat es geklingelt und natürlich ließ ich den Anrufbeantworter rangehen. Wer röchelt jetzt wohl auf mein Band?

Es war Kai. Er flehte mich an, den Hörer abzunehmen. Ich tat es. Ein Fehler. Erst heulte er mir die Ohren voll, wie langweilig sein Leben ist. Dann kam das Sophie-Problem. Und als ich gerade auflegen wollte, überredete er mich, ihm Drogen zu besorgen. Erst hab ich nein gesagt. Da fing er buchstäblich an zu betteln. Er ging soweit, daß er mir meine Schulden erlassen wollte. Da war ich allerdings geschockt: 2000 Mark für ein paar Pillen? Solche Amok-Preise stürzen ja den ganzen Drogenmarkt ins Chaos. Aber wenn er unbedingt will, daß ich ihm helfe? Schließlich täte es meiner Reisekasse auch ganz gut. Okay, mal sehen, was ich für ihn tun kann. Um 7 Uhr Drogen klären ist nicht einfach, wenn dein Dealer nicht gerade Bäckerlehrling ist. Doch ich hab da eine Idee ...

Gut, daß es After-Hour-Parties gibt! Im *Tresor* war es noch knallvoll. Seltsam, direkt aus dem Bett nüchtern in einen verschwitzten, verrauchten und verstrahlten Technotempel zu spazieren. Ich kannte niemand, brauchte mich aber nicht lange durchfragen. Das E macht selbst die Dealer freundlicher. »3-Fragezeichen« waren alle. Also kaufte ich für hundert Mark fünf zitronengelbe Grinsegesichter. Die Sorte kenn ich noch nicht. Neue Pillen sind immer ein gewisses Risiko. Was soll's – andere gab's nicht. Und bevor ich selbst eine nehme, wart ich erst mal ab, wie sie Kai bekommen. Als ich ihm das Zeug brachte, hat er mich angestrahlt wie ein Kind unterm Weihnachtsbaum. »Aber nicht alle drei auf einmal nehmen«, hab ich ihm gesagt und bin zurück nach Hause unter meine Bettdecke.

David

Gestern abend: abgefüllt, aber glücklich. Eine wirklich angemessene Feier. Auch wenn Heiko und ich schon um halb zwei über der Kloschüssel hingen, so vollgefressen und betrunken waren wir.

Dabei begann der Abend ganz moderat. Für die ersten zwei Vorspeisenplatten benötigten wir fast anderthalb Stunden. Chardonnay genippt, Antipasti genascht, eine Zigarette nach der andern geraucht und gemütlich geredet. Heiko und mir saßen gegenüber: Helena, Lucie und Josefa. Freundinnen. Nicht fürs Bett, aber immer wieder toll für gute Gespräche. Und das war wichtig, weil Heiko nichts mehr haßt als Dummheit. Dafür schätze ich ihn wirklich sehr. Sich so völlig radikal nicht primär für Brüste, Ärsche und Outfits zu interessieren, sondern vor allem dafür, was Frauen im Kopf haben. Wenn sie zufällig gut aussehen: okay. Wenn nicht: auch nicht wild. Find ich super. Weil ich da viel oberflächlicher bin. Eine wohlgeformte Oberweite, ein paar Sätze, die Wohlinformiertheit demonstrieren, und ich finde die Frau gut. Nur bei Kathrin ist das anders. Jedenfalls plauderten wir angeregt über neue Filme, aktuelle Politik, gute und schlechte Ausstellungen, die letzten Prada-Sneakers und natürlich über neue Internet-Utensilien. Denn Heiko verdient seine Brötchen als Evangelist. Das sind die Leute, die langfristige Medien- und Internetkonzepte entwickeln, um den Marktwert der Firma, bei der sie angestellt sind, zu erhöhen. Er weiß mächtig Bescheid über neue Software-Tools, neue Hardware-Gimmicks, billige Telefonanbieter und all den Kommunikationskram, der den Flow von Informationen beschleunigt. Und Heiko ist eloquent. Josefa und Lucie klebten bereits nach zehn Minuten an seinen Lippen, als spräche dort der Messias. Ist seine Berufsbezeichnung also doch angemessen? Wahrscheinlich.

Nach der zweiten Antipasti-Platte ging es schon deftiger zu. Ich bestellte Salate, zwei weitere Flaschen Chardonnay, drei Teller Pasta Mista, dann Fleisch und Fisch. Wir hatten wirklich Bärenhunger und ich war in totaler Freßlaune. Die Joints, die Heiko und ich am Nachmittag geraucht hatten, entfalteten ihre appetitanregende Wirkung. Nach zwei Stunden hemmungsloser Esserei platzten uns allen schier die Bäuche. Die Mädchen waren sturzbetrunken. Lucie lag auf der Sitzbank und schlief. Helena blieb außergewöhnlich lange auf dem Klo, und als sie zurückkam, setzte sie sich für fünf Minuten an einen anderen Tisch, bis sie merkte, daß das gar nicht ihre Freunde sind, die da sitzen. Schwankend kam sie zu uns herüber, fiel Heiko um den Hals und knutschte ihn ab. Heiko fand das prächtig. Mir war schlecht. Ein paar Grappas sollten helfen, machten aber alles nur noch schlimmer. Kurze Zeit später brachen wir auf. Heiko wollte unbedingt noch weitertrinken, ich wollte nur ins Bett. Die Mädchen haben wir vorher mit dem Taxi nach Hause gebracht. Als wir dann später bei mir waren, mußte ich kotzen. Danach ging es mir besser. Wir saßen am Küchentisch, tranken Evian und redeten über uns, wie wir gerade so leben und warum. Das kann ich nur mit Heiko. Er ist der einzige, der mich wirklich versteht.

22. TAG

David

Kai und kein Ende. Weinend rief mich Sophie heute morgen an, sie sei total verzweifelt, weil sie nicht wüßte, wie sie mit Kai umgehen soll. Er hätte ihr letzte Nacht gruselige Nachrichten auf den Anrufbeantworter gesprochen und es hörte sich so an, als sei er durchgedreht. Jetzt wüßte sie nicht, wo er steckt und was sie machen soll. Ich versuchte, sie zu beruhigen und ihr Mut zu machen. Nur Geduld, Kai macht gerade eine Krise durch! Und wenn es ihr richtig schlechtgehe, dann könnte sie später bei mir vorbeikommen. Als sie wieder anfing zu weinen, klingelte es zum Glück an Sophies Tür. Es war ihre Freundin Rike.

Ich hatte echt keine Lust auf weitere Beziehungsprobleme. Irgendwann ist Schluß. Ich habe selber genug Sorgen. Mit Heiko habe ich gestern, während wir ein ewiges Katerfrühstück genossen, lang und breit über die aktuelle Situation geredet. Er riet mir, ich solle Kathrin vor die Wahl stellen. Er wäre auch schon in einer solchen Situation gewesen und das könnte sehr schmerzhaft enden, wenn nicht zum richtigen Zeitpunkt Entscheidungen getroffen werden. Von der Magisterarbeit habe ich nichts erzählt, das darf wirklich niemand mitbekommen.

Nach dem Telefonat mit Sophie fuhr ich nach Kreuzberg, ein paar Platten kaufen. Sonderlich viel habe ich nicht ergattert, aber ein totaler Burner war dabei: Dirty Harry, »Hectic Funk«. Der wird bestimmt ein paar Monate in meinem Plattenkoffer verweilen. Solche Tracks gibt es wirklich selten. Mit einem HipHop-Beginn, dann shuffelig, so um die 110 bpm, unglaublich schwingend. Super. Dafür hat sich der Weg schon gelohnt. Als ich auf dem Rückweg am Hackeschen Markt ausstieg, um mir ein Falafel zu holen, haute es mich um: Auf der Grünfläche vor dem S-Bahn-Eingang stand Kai mit einer Burger-King-Krone auf dem Kopf.

Kai

Wie spät ist es? Habe ich irgend etwas Peinliches gemacht? Ich kann mich an nichts mehr erinnern.

Marc

Gerade hat David angerufen und mir von Kais traurigem Koma-Rekord berichtet. Ein Gummibärchen für die peinlichste Junkie-Nummer der Filmgeschichte! Leider war es kein Film, sondern superheftige Wirklichkeit. Auf dem Weg zum Plattenladen kam David an der Grünfläche am Hackeschen Markt vorbei. Mittags um eins. Kurz vor dem S-Bahn-Eingang hörte er Gelächter. Ein Grüppchen Punks schwenkte Bierdosen und zeigte auf die Mitte der Wiese. Da stand Kai. Auf dem Kopf eine Burger-King-Krone. Um den Hals einen Löwenzahnkranz. Auf seinem Gipsarm balancierte er leere Bierdosen, Zigarettenschachteln und angebissene Döner. Allen möglichen Müll, den die Punks ihm vor die Füße warfen. Bei jedem neuen Stück Abfall ging er vorsichtig in die Knie, hob es auf und setzte es wie einen Yenga-Stein auf seinen Gipsarm. Die Punks klatschten Beifall. Kai lächelte selig wie ein Sektenbruder und nickte ihnen dankbar zu, wobei er genau aufpaßte, daß ihm die Krone nicht vom Kopf rutschte. Ohne den Gips hätte David ihn gar nicht erkannt. Er rannte auf den Rasen und zog Kai am gesunden Arm von der Grünfläche. Dabei stürzte die Pyramide ein. Die Punks buhten und warfen leere Bierdosen auf den Retter. Die vollen waren ihnen glücklicherweise zu schade. David gelang es, Kai in eine Straßenbahn zu verfrachten, nachdem vorher zwei Taxifahrer den Transport abgelehnt hatten. In Kais Wohnung rief David Sophie an. Zu zweit flößten sie Kai literweise Mineralwasser ein. Zur Entgiftung. Dann zogen sie ihn aus, wuschen ihn und brachten ihn ins Bett. Wie ein Baby.

David hat mir vorgeworfen, daß ich Kai die Pillen besorgt habe. Das hab ich gleich abgeschmettert. Bin ich sein Erziehungsberechtigter? Der Mann ist 24 und wird Vater. Außerdem hab ich ihn gewarnt, er soll nicht alle drei auf einmal nehmen. Sicherheitshalber hab ich meine zwei Pillen eben ins Klo geschmissen. Die Sorte mit den Grinsegesichtern wirkt wohl eher grausam. Jedenfalls werde ich bei Kai morgen einen Krankenbesuch machen.

23. TAG

Kai

Ich habe im Internet nachgesehen. Da stand ganz fett: »ACHTUNG!!! VORSICHT!!! AUF KEINEN FALL KONSUMIEREN!!!« Und was mache ich? Ich schmeiße mir diese Billig-Pillen mit dem Grinsegesicht rein. Die Dinger heißen »Papa Moll« und bestehen zu 99% aus Atropin – Tollkirschengift. Ich kann also von Glück sagen, daß ich bei der Aktion nicht draufgegangen bin. Um Haaresbreite bin ich am Sensenmann vorbeigeschlittert. Super Leistung. Ich habe ja schon immer gesagt, daß Drogen nicht gut sind. Ich meine, zuerst war die Sache ja noch ganz lustig. Da habe ich mich wieder ganz toll und genial gefühlt und habe wie blöde in meinen Computer gehackt und tolle Kurzgeschichten verfaßt. Daran kann ich mich noch erinnern und das war ein unbeschreibliches Gefühl, wie meine Finger so schnell über die Tasten geflogen sind. Ich war so voller Emotionen und großer Liebe. Ich war wirklich richtig glücklich. Glücklich sein ist sowieso das beste.

Im Moment bin ich allerdings schon wieder nicht mehr so glücklich, weil Marc und Sophie mir erst mal auftischen mußten, was ich mir später noch alles geleistet habe, als ich nicht mehr so richtig Herr meiner Sinne war. Wenn man so etwas erfährt, fühlt man sich echt mies und schämt sich. Ich meine, ich habe auf einer Wiese gestanden und für so ein paar widerliche Punks den Kasper gespielt! Mit einer Burger-King-Krone auf dem Kopf! Ich fasse es nicht. Wenn ich mir nicht gerade vorgenommen hätte, mein Leben in geordnetere Bahnen zu lenken, würde ich mich glatt umbringen. Das wäre zumindest die einfachere Lösung. N'est-ce pas?

Aber ich füge mich meinem Schicksal, esse lieber einen von diesen gräßlichen, in Milch eingeweichten Zwiebäcken, die mir Sophie vor die Nase gestellt hat, damit ich wieder zu Kräften komme. Und ein bißchen fühle ich mich wie der weise, alte Mann in »Im Namen der Rose«. Der hat auch so rumgemümmelt. Und nichts hat ihn mehr so richtig aus der Fassung bringen können. Das ist eigentlich ein sehr schöner Zustand. Weise sein. Ruhig sein. Gelassen sein. Rummümmeln. So gelassen sein, weil man das Schrecklichste schon hinter sich hat. Man weiß einfach, schrecklicher kann es nicht mehr werden. Das ist tröstlich. Und ein bißchen so geht es mir. Ich habe die dunkle Nebelwand hinter mir gelassen. Die ersten Sonnenstrahlen brechen zu mir durch.

Ich habe Hoffnung!!!

David

Ich liege neben Kathrin. Tränen laufen über ihr Gesicht. Wir werden uns jetzt erst mal nicht mehr sehen. Weil ich unglücklich bin. Denn ich möchte ihre Nähe spüren. Immer. Auch wenn sie weg ist.

Die Unmöglichkeit unserer Beziehung ist mir klargeworden, als sie in Hamburg war. Keine Anrufe. Keine E-Mails. Weil sie soviel zu tun hatte. Und fünf Minuten Zeit für ein kurzes Hallo, das geht wohl nicht? Eifersüchtig war ich auch noch. Es würden einige Männer an ihrer Tür kratzen, erzählte sie vor ein paar Tagen. Toll. Respektlosere Äußerungen hätte sie wohl nicht ablassen können.

Ich glaube, da habe ich wirklich geschnallt, daß meine Unglücksgefühle schleunigst beendet werden müssen. Weil es mit Kathrin auf Beziehungsebene einfach nicht funktioniert. Daher, unbedingt: *Bitte, gimme a break, sofort, hier und jetzt.* Aber: *Das wird schon wieder, Baby.* Und: *Keine Angst, du verlierst mich nicht, eigentlich liebe ich dich, habe aber keine Lust, dich irgendwann doof zu finden. Pausen haben auch was Gutes. Vor allem, wenn sie mit der Hoffnung verbunden sind, daß wir uns in ein paar Monaten besser verstehen. Mit mehr Respekt füreinander. Und ohne Sex. Auch wenn ich die letzten anderthalb Jahre mit voller Inbrunst dein Champion-Lover war. You know? Tschüs und mach's gut.*

Besser geht es mir jetzt nicht unbedingt, aber vielleicht kann ich endlich mal durchschlafen.

Mein Wien-Gig kommt genau zum richtigen Zeitpunkt. Ein paar Youngsters haben mich in die *Meierei* eingeladen. Auflegen, zusammen mit Richard Dorfmeister und Werner Geier. Bin gespannt, wie das wird. Auf alle Fälle wird es sehr gut tun, für ein paar Stunden aus der Stadt zu sein. Vorher noch Hawking kontakten und verabreden.

Eben war ich bei Kai. Jetzt habe ich ein flaues Gefühl im Bauch. Ich sitze auf einem Stromkasten neben der Tram-Haltestelle und schaue meiner Bahn beim Abfahren zu. Erst mal Luft schnappen. Dabei habe ich gar keinen Grund, so durcheinander zu sein. Kai geht es relativ gut. Wenigstens körperlich. Heute bleibt er mit Tee und Zwieback im Bett, morgen will er sich wieder aus dem Haus wagen. Nur ist ihm alles superpeinlich und er schämt sich vor Sophie. Ich habe Kai falsch eingeschätzt, viel stabiler, als er wirklich ist.
Als er da so blaß und verlegen unter der Bettdecke hervorlinste, bekam ich sofort ein schlechtes Gewissen. Wahrscheinlich bin ich zu forsch mit ihm umgegangen. Mit David und Kathrin womöglich auch. Einfach so in deren Beziehung getrampelt. Doch wenn ich so was schreibe, höre ich sofort eine innere Stimme protestieren: »Nein, du machst alles genau richtig, werd jetzt nicht sentimental, gerade bringst du dein Leben halbwegs auf Kurs, jetzt fang bloß nicht an rumzueiern und dich mit Schuldgefühlen zu verseuchen!«

Da fährt wieder eine Bahn ab. Ich mag diese spacigen Quietschgeräusche der Berliner Tram. Wo war ich? Genau: Ob ich zu gewissenlos meine eigene Schiene fahre. Ob ich eine Goldgräberseele habe. Und was ist, wenn ich statt Gold bloß Müll finde? Wenn der Hawking-Deal platzt? Wenn Kathrin mich und meine Tokio-Tickets wegwirft wie ein gescheitertes Rubbel-Los? Immerhin geht es um Liebe und Kleinkriminalität, was gibt es da für Sicherheiten?

Nicht, daß ich so ende wie in dem Achtziger-Hit »Big in Japan«. Das wäre übel.

Wo bleibt die nächste Bahn?

24. TAG

David

Woher kommt – etymologisch betrachtet – eigentlich dieses sensationelle »Leiwand«? Jedesmal, wenn ich in Wien bin, springt es mir über den Weg. Ein super Ausdruck: »Leiwand«. Dabei bedeutet es einfach nur »spitze« oder »super«. Aber klingt zehnmal besser. Nur: Auf hochdeutsch hört sich das bescheuert an, kann also leider nicht importiert werden. Es muß aus einem Wiener Mund kommen. Mit der richtigen Intonation. Also: »Leiwand« war der Gig in Wien. Ich würde sogar sagen: »Superleiwand«.

Als ich heute mittag leicht verquollen mit Werner und Richard im *Blue Box* Kaffee schlürfte, fühlte ich mich gut wie lange nicht mehr. Zwar ein bißchen durchgeblasen, so mit Kater, aber sonst bester Laune. Viel gute Musik gehört gestern abend. Richard und Werner, die wirklich zu den wenigen Typen gehören, deren Sound fast hundertprozentig dem meinen entspricht, haben Platten gespielt, von denen ich noch nie gehört habe. Es war großartiger Kram dabei. Kurz nach meinem Set mußte ich erst mal selber tanzen gehen. Schön stoned. Mit ein paar Wodkas im Magen. Die Crowd war total charmant. Alles tanzte. Unglaublich viele Frauen, allesamt eher jung, die eine Hälfte fly, die andere chic. Jede neue Tune wurde fröhlich begrüßt. Tolles Feedback. Ich glaube, ich habe am Ende vier Stunden ununterbrochen gehottet. Dazwischen immer wieder nachgereicht: Spliffs, Wodkas, Sekt, Wasser. Und dann habe ich mich schweißverklebt noch mit einer Freundin von Werner unterhalten, die eigentlich in New York wohnt und für den ORF arbeitet. Nach kurzem Mediengossip ging es um die Attraktivität des Fremden. Als unser Gespräch gerade langweilig wurde, winkte mich Werner zum Mischpult. Guter Zeitpunkt. »Entschuldige mich bitte, Petra, ich muß jetzt auflegen.« Die letzte Schicht. Werner hatte das Tempo schon extrem gedrosselt zu diesem Zeitpunkt – 110 below, wie sich mal diese eine Compilation-Reihe nannte, die nur Musik unter 110 beats per minute veröffentlichte. Mein Sound. Draußen wurde es schon hell. Ich spielte Dub. Die letzten Figuren auf der Tanzfläche machten weiter. Wahrscheinlich hätte man jetzt noch mal richtig aufdrehen müssen, aber Richard saß schon mit dem Promoter neben der Box und dealte die Gagen aus. Time to go. »Leiwander« hätte der Wien-Abend wirklich nicht sein können. Vor allem: Reise und Hotel bezahlt bekommen, plus eine fette Gage. Könnte mir ruhig öfter passieren. Vielleicht sollte ich mich jetzt wirklich mehr auf die Musik konzentrieren. Wenn ich das mit der Magisterarbeit hinter mich gebracht habe, gäbe es genügend Zeit. Equipment muß ich noch anschaffen, aber dann könnte es losgehen. Endlich selber producen. Denn so kann es nicht weitergehen. Vor allem nicht in Berlin. 150 Mark die Nacht als Gage, das geht nicht mehr. Dafür mache ich diesen Job einfach zu lange. Aber der Weg zum überregional bekannten DJ läuft halt nur über eigene Releases. Die erhöhen den eigenen Verkehrswert. Eine ziemlich bittere Erkenntnis. Weil auflegen kann ja heute angeblich jeder.

Kai

Ich bin noch nicht wieder bereit, auf die Straße zu gehen. Die Sonne killt mich einfach. Also habe ich die Vorhänge zugezogen, liege auf meinem Bett und lese »Cruel Stories« von Tino Mertens. Da habe ich das Gefühl, daß ich etwas für meinen Intellekt tue und mein Gehirn wieder trainiere. Die Geschichten sind ganz ordentlich. Nicht berauschend. Aber ordentlich. Ich muß also nicht eifersüchtig sein, weil ich das Gefühl habe, daß ich so etwas auch noch zustande bringe. Ja. Ja. Bald ist mein Roman fertig. Ich brauche bloß mehr Liebe, um einen Liebesroman zu schreiben. Ich brauche von Sophie Liebe. Aber Sophie gibt mir im Moment keine Liebe, weil sie sagt, daß ich mich erst mal wieder einkriegen soll. Wenn ich das erledigt habe, gibt sie mir auch wieder Liebe und steht mir bei. Aber im Moment hat sie den Eindruck, daß ich ein kleines Büblein bin, mit dem man unmöglich ein Kind großziehen kann. Also lese ich »Simple Stories«, werde reif und erwachsen und setze mich gleich an meinen Liebesroman für Sophie. Ich meine, es kann doch sein, daß ich gerade durch diesen Liebesentzug wahnsinnig poetisch arbeiten kann. »Leid hat schon immer beflügelt«, wie meine schlaue Mami sagt, »ohne Abschied gäbe es keine Literatur!« Und recht hat sie. Worüber soll man sonst schreiben, wenn nicht über unerfüllte Sehnsüchte, Leidenschaft, Abschied und Schmerz?! – Und genau in diesem Moment habe ich das gute Gefühl, um ein paar Jährchen gealtert zu sein. Es ist gut, Dinge einzusehen. Da kommt man vorwärts. Es ist gut, Dinge zu erkennen, und gerade habe ich etwas erkannt: Ich muß mich auf meine Emotionen, Ängste und

Bedürfnisse einlassen. Dann kann ich auch ein Buch für meine kleine Sophie schreiben. Bis morgen früh! Dann rufe ich sie an und sage: »Geliebte Sophie, Königin meines Herzens, laß mich dein erwachsener Ritter sein. Ich bin sehend geworden!« Irgendwie ist es ja auch eine schöne Situation. So eine Situation, in der man kämpfen muß wie ein Ritter um die Prinzessin. Ich muß um Sophies Gunst kämpfen, durch ihren Dornenwald gelangen, mir das Hemd zerreißen, die Brust blutig kratzen – und das macht Spaß. Da fühlt man sich herausgefordert und man kann zeigen, was man so alles draufhat. Also, auf geht's! Ich bin bereit für mein Leben und möge all das kommen, was kommen mag!

Marc

Seltsam, bin ich jetzt Aladin mit der Wunderlampe? Kaum schleicht sich ein Wunsch in mein Gehirn, erlebe ich innerhalb von drei Tagen die Erfüllung. David hat sich von Kathrin getrennt. Ohne daß ich irgendwas dazu beigetragen hätte. Eben hat sie angerufen und es mir erzählt. Sie war ziemlich durcheinander. Ich fahre gleich bei ihr vorbei.

Hawking hat sich auch gemeldet. Alles bingo. Ich treffe ihn morgen im *Obst & Gemüse.*

Fast schon unheimlich, wie gut alles läuft im Moment. Dabei sind die Skrupel von gestern nicht vergessen. Im Gegenteil, hier ist meine erste Konsequenz: Nach dem Magister-Job will ich mich von der Geisterschreiberei verabschieden. Auf die Dauer zu riskant und zu anstrengend. Außerdem hab ich mir vorgenommen, weicher und offener durch die Welt zu gehen. Mich mehr überraschen zu lassen. Nicht dauernd meine Ego-Ziele durchzuboxen. Und was passiert? Auch ohne Boxhandschuhe rollt das Leben mir den roten Teppich aus.

25. TAG

David

Es passieren wirklich immer wieder die unglaublichsten Dinge. Vor meinem Treffen mit Hawking heute nachmittag hatte ich noch ein Date mit Marc, wir hatten irgendwann mal ausgemacht, für Sophies 27. Geburtstag zusammen ein Geschenk zu kaufen. Marc schlug Kindersachen vor. Ich meinte: »Das geht nicht. Kindersachen für ein Kind, das noch nicht geboren ist? Nee! Lieber was zum Anziehen für die schwangere Sophie. Kommt immer gut.« Geld hätte ich eh genug dabei. Die Anzahlung für Hawking plus ein paar Extramäuse blähten meine rechte Hosentasche. Bei den vielen Scheinen hätte man meinen können, ich hätte einen mordsmäßigen Ständer in der Hose. War aber nicht so.

Egal, vor dem Shoppen wollten wir erst mal Kaffee trinken gehen und ein bißchen reden. Über mein kleines Erbe. Über Kai. Und irgendwann erzählte ich vom Thema meiner Magisterarbeit, die ich jetzt in Angriff nehmen wollte. Ich sei der Ansicht, es müßte dringend mal was Akademisches über den Hipster geschrieben werden. Während ich erzählte, wurde Marc zusehends blasser.
»Alles o.k.?«
Marc rang nach Worten. Dann: Nicht, daß es ihm schlechtginge, aber er müsse mir was sagen. Herrje, was kommt denn jetzt?
»Kathrin? Wirst du auch Vater?«

»Nein. Die Magisterarbeit. Du läßt dir die Arbeit nicht zufällig schreiben?«
Blut schoß mir in den Kopf.
»Häh? Woher? ...?«
»Ich glaube, wir haben einen gemeinsamen Geschäftspartner«, sagte Marc, während er tief den Rauch seiner Zigarette einsaugte.
»Wie Geschäftspartner? Meinst du Hawking?«
Marc schaute mich nur an. Mir wurde alles klar. Marc war mein Ghostwriter!

Marc

AUWEIA! Ich brauche was zur Beruhigung. Ich zittere am ganzen Körper. Erst mal ein Melisse-Entspannungsbad.

Eine Badewanne, zwei Hanfbier und fünf Zigaretten später:

Okay, nun bin ich ruhiger. Bloß eines ist mir noch nicht klar: Habe ich gerade einen genialen Coup gelandet, oder bin ich mal wieder ohne Fallschirm aus dem Flugzeug gesprungen?

Jedenfalls fing der Tag schon vielversprechend an: Als ich bei Kathrin klingelte, hat sie mich umarmt wie eine Ertrinkende die Schiffsplanke. Minuten später landeten wir im Bett. Da hatte ich dann das Gefühl, sie würde auch auf eine Reise zum Mars mitkommen. Trotzdem hab ich sie nicht gefragt. Ich war zu geplättet von der Überdosis ihrer Leidenschaft.

Heute nachmittag traf ich David im *Keyser Soze.* Da platzte die Bombe: Hawking hatte mich für Davids Arbeit vorgesehen! Von Davids 15000 Mark hätte Hawking satte fünftausend für die Vermittlung eingesackt. Als David und ich das checkten, ging alles ganz schnell. David bot mir den Job ohne Hawking für 12000 an und zählte mir sechs Scheine Vorschuß auf den Tisch. Ich dachte kurz nach. Damit wäre ich bei Hawking natürlich aus dem Rennen. Aber wollte ich nicht sowieso aufhören? Warum also nicht mit David auf Nummer Sicher gehen? Meinen letzten

Job als Geisterschreiber unter Freunden durchziehen? Ich nahm das Geld. Damit Hawking nicht sofort Verdacht schöpft, traf ich ihn danach wie verabredet im *Obst & Gemüse*. Und was macht Hawking? Gibt mir auch fünf Scheine Vorschuß! Ich mußte sie annehmen. Alles andere wäre auffällig gewesen. Jetzt hab ich jede Menge Bargeld und doppelt soviel Paranoia. Der Barkeeper im *Obst* hat mich argwöhnisch angelinst. Er trug ein kornblumenblaues Plastikhemd. Hab ich den Fetzen nicht vorhin im *Keyser Soze* gesehen?

Wahrscheinlich werde ich Hawkings Kohle ein paar Tage behalten und sie ihm dann mit einer Ausrede zurückgeben. Ich hätte eine reguläre Stelle angenommen und leider keine Zeit mehr für den Job. Irgendwas in der Art.

Kai

Zu meiner Schande muß ich gestehen: Nach Seite fünf bin ich leider auf meinem Lager eingeschlafen. Dafür habe ich mir jetzt die Haare gewaschen, mich frisch rasiert, die Fingernägel geknipst und mache mich nun auf den Weg zu Sophie. Ich habe sie eben angerufen und gefragt, ob wir uns auf einen Kaffee treffen. »Meinetwegen!« hat sie gesagt und, um ehrlich zu sein, sie hat nicht besonders begeistert geklungen. Schwangere Frauen sind komisch. Hier kennt sich aber auch niemand mit schwangeren Frauen aus. Marc nicht. David nicht. – Und unter uns, ich glaube, die klüngeln da um die Kathrin rum. – Beide! Aber ich halte mich da raus. Ich finde das einfach nur absolut pubertär. Die wissen halt nicht, wo es im richtigen Leben langgeht. Die haben den Ernst der Lage noch nicht ganz geschnallt. Aber das ist egal. Ich schaffe das schon alleine. Am wichtigsten ist es, ruhig zu bleiben. Den Dingen ins Auge zu sehen und immer ein Lächeln auf den Lippen zu haben. Dann kann einem nichts passieren. Außerdem treffe ich später noch Christoph. Der hat mir angeboten, zu einer Freundin von ihm zu fahren. Die hat nämlich Schwangerschaftserfahrungen und mit der will ich mich mal austauschen. Ich finde das echt total lieb von Christoph, daß er sich so um mich kümmert. Christoph hat gesagt: »In so einer Situation sieht man, wer die wahren Freunde sind.« Aber jetzt erst mal los zu Sophie und zeigen, daß man Mumm in den Knochen hat. – Ich sehe gut aus!

Am besten, ich lade sie zum Essen ein, mache ein paar gekonnte Scherze, bin charmant und erzähle ihr ein bißchen von meinem neuen Roman. Danach können wir ja noch am Bode-Museum lustwandeln, ins Wasser schauen und romantisch werden. Bis jetzt habe ich noch jedes Herz zurückgewonnen.

26. TAG

Marc

Kathrin hat ja gesagt und die Tickets sind gekauft! Obwohl wir noch gar nicht gestartet sind, schwebe ich schon auf Wolken. Alles fühlt sich so neu an! Ich weiß jetzt, daß Kathrin mich wirklich will. Ich kann es kaum glauben. Auf dem Konsulat mußten wir sechs Stunden auf die Blitzvisa warten. Wir haben heftig rumgeknutscht und uns zwischendurch mit Reiseprospekten Luft zugefächelt. Kathrin kann sogar schon einige Worte Japanisch!

Ich bin so glücklich, daß Kathrin genauso spontan ist wie ich. Kaum hatten wir die Reise beschlossen, kam ihr gleich die nächste Idee. Sie will eine Reportage über japanische Karaoke-Bars machen. Sofort telefonierte sie alle ihre Journalisten-Kollegen durch und hat jetzt tatsächlich zwei Interessenten für einen Artikel. Wenn wir Glück haben, kann sie sogar ein kurzes Fernseh-Feature machen. Dafür hat sie heute morgen vom Bett aus über dreißig Telefonate geführt. Während sie wie in Trance eine Nummer nach der anderen in ihr Handy hackte, legte ich meinen Kopf in ihren Schoß und lauschte andächtig ihren Telefonkünsten. Ich war restlos beeindruckt. Fast schien sie ihre Gesprächspartner zu hypnotisieren. Als sie irgendwann den Fernsehauftrag an der Angel hatte, schob sie mich zur Seite und sprang aus dem Bett. Nun brauchte sie ihre volle Aufmerksamkeit. Wie ein Raubtier rannte sie um das Bett herum und fuchtelte mit der freien Hand beschwörende Gesten in die Luft. Einmal, als der Auftraggeber sie hinhalten wollte, streckte sie das Handy weit von sich und verdrehte die Augen. Doch in der nächsten Sekunde preßte sie ihre Lippen wieder an die Muschel und säuselte ein super Argument. Irgendwann war das Gespräch zu Ende. Sie lächelte, ließ das Handy aufs Kopfkissen plumpsen und meinte: »Fifty-fifty, daß es klappt.« Nach dem, was ich gehört und gesehen habe, schätze ich ihre Chancen auf neun zu eins! Allerdings bin ich extrem parteiisch.

Kathrin meint, ich soll die 5000 von Hawking einfach behalten. Bis wir aus Japan zurück sind, sei da Gras drübergewachsen. Sie ist eine mutige Frau, das finde ich sexy!

Kai

Sophie ist echt doof! Die hat mich gestern einfach dazu benutzt, mit ihr Wasserflaschen einkaufen zu gehen. Ich habe ihr trotz Gipsarm!!! zwei Kästen in die Wohnung raufgetragen. Und dafür hatte ich also extra geduscht und mich feingemacht. Na ja. Wenigstens hat sie schön brav »Danke!« gesagt. Aber irgendwie werde ich das Gefühl nicht los, daß sie mich total ätzend findet. Immer wenn ich was gesagt habe, hat sie mich nur angesehen, die Augenbrauen hochgezogen und »Hmhm!« gesagt. Das hat mich absolut verunsichert. Ich meine, ich habe das ja schließlich alles nur nett gemeint und gedacht, wenn ich ihr die Wasserkästen bezahle und hochtrage, mag sie mich und merkt, daß ich wirklich für sie und das Kind dasein will. Ich bemühe mich und sie baut einfach eine Wand auf und sagt: »Mir ist schlecht!« Und damit hat sie dann gekonnt verhindert, daß wir rumknutschen. Ich weiß sowieso nicht, ob wir überhaupt noch zusammen sind. Mich macht das irgendwie alles extrem traurig. Scheinbar habe ich hier gar keine Rechte mehr. Die Tante trägt unser Baby mit sich rum und setzt mich vor die Tür. Toll. Was soll ich denn da machen? Wenn ich sie frage, was das denn soll, kriege ich nie eine klare Antwort. Nur so Wischiwaschi-Kram. Von wegen: »Mir wird das gerade alles ein bißchen viel. Ich muß erst mal selber die Situation checken und außerdem bist du noch ein Bübchen!« Soll ich da immer wieder sagen »Stimmt gar nicht!«? Mir bleibt echt nichts anderes übrig, als ihr zu beweisen, daß ich sowieso der coolste Papi bin. Schwangere Frauen sind einfach total irre.

Aber ich bin ruhig. Ich sitze im Schneidersitz auf dem Boden, sehe gegen die Heizung, rauche eine Zigarette, trinke Sherry, lächle in mich hinein und freue mich auf jeden neuen Tag. Das Leben liegt vor mir. Ein Regal mit vielen kleinen, bunten Fächern. Ich kann zugreifen. Ich kann mich bücken und nachsehen, was in den untersten Fächern liegt. Ich kann hochspringen und sehen, was da oben liegt. Ich muß nicht einfach starr stehenbleiben und meine Hand nach dem Fach vor mir ausstrecken, wo Sophie drin ist. Ich kann alles nehmen. Rechts. Links. Was ich will. Ich muß mich nur entscheiden. Das kann noch richtig spannend werden.

Ich vermisse Kathrin und es tut mir weh, daß ich sie jetzt nicht anrufen kann. Liebeskummer ist furchtbar. Da muß ich durch. Sonst hört das nie auf. Mit Julia war das damals genauso. Ein ganz schlimmer Trennungsschmerz. Das habe ich aber irgendwie auch geschafft. Da habe ich mir erst vor lauter Trauer jeden Abend total die Kante gegeben, aber nach zwei Wochen war es dann okay: Ich vermißte sie nicht mehr. Einige Wochen später haben wir uns wieder getroffen. Wir waren glücklich, uns mal zu sehen und immer noch zu mögen. Später verloren wir uns aus den Augen. Die Geschichte mit Julia basierte eben doch hauptsächlich auf Sex. Wir hatten ständig miteinander geschlafen, aber intellektuell und menschlich blieb ich meistens unzufrieden. Ich glaube, das war's dann auch, was uns auseinandergebracht hat. Mit Kathrin ist das ganz anders. Und daher ist wahrscheinlich auch der Schmerz größer.

Am Nachmittag rief ich Hawking an und sagte unser Treffen ab. Ich erzählte ihm, daß ich mir bis zum gestrigen Abend immer noch unsicher gewesen sei wegen der Magisterarbeit, aber heute endgültig die Entscheidung gefaßt hätte, die Arbeit doch selber zu schreiben. Mir wäre das alles zu riskant und überhaupt sei das Thema so speziell und insidermäßig, daß die Arbeit nur von mir geschrieben werden könnte. Er wirkte anfangs etwas beleidigt und brauste kurz auf, meinte aber später, ich könnte mir das bis zum Ende der Woche überlegen. Schließlich ginge es um eine nicht unbedeutende Summe Geld. Kurz bevor er auflegte, versuchte er mir noch deutlich zu machen, daß eine Magisterarbeit schreiben locker ein Dreivierteljahr Arbeit bedeutet. Danke für den Hinweis, Blödmann!

27. TAG

David

Immer noch Liebeskummer. Aber schon wesentlich besser geschlafen. Heute morgen bestimmt eine Stunde mit Sophie telefoniert. Sie gab mir Ratschläge, wie ich mich Kathrin gegenüber verhalten soll. Nicht mehr sehen sei voll o.k. Viel besser als ewig herumkrampfen und am Ende klappt es doch nicht. Kathrin hätte schließlich genügend Chancen gehabt und wenn es nicht klappt, sollte man es nicht erzwingen. Und das sagt sie mir als alte Freundin von Kathrin. Das Gespräch tat extrem gut. Wir haben auch lange über sie und Kai gesprochen. Sie meinte, sie wüßte manchmal nicht, wie sie jemals auf die Idee gekommen ist, mit so einem Typen ins Bett zu gehen. Und jetzt ist sie auch noch schwanger von ihm. Trotz des ganzen Durchgedrehtseins würde sie ihn seltsamerweise lieben und irgendwo verstehen, daß er damit nicht zurechtkommt. »Okay«, meinte ich, »das ist nicht einfach, aber muß das gleich so ausarten? ... Komische Dynamik. Ob das mit irgendwelchen Vaterschaftshormonen zusammenhängt?« Sophie wußte keine Antwort.

Der Rest von Omas Geld ist heute für Equipment draufgegangen. Obwohl ich mir davon genauso gerne ein paar Sachen von Helmut Lang und Prada gekauft hätte. Denn meine Garderobe könnte gut ein paar Neuheiten gebrauchen. Statt dessen bin ich heute mittag wie ferngesteuert zu *Sound & Vision* gefahren und habe Geräte geshoppt. So, als hätte mich eine fremde Hand geleitet. Das muß ein unbewußter Wille gewesen sein. Bei *Sound & Vision* gab es dann zufällig auch noch all die Sachen, die ich haben wollte: einen gebrauchten Akai-Remix-16-Sampler, ein Roland-Midi-Keyboard, einen Virus-Rack-Synthie von Access, ein Midi-Interface und ein paar Kabel. Ich war im Rausch. Jetzt kann es losgehen. Schluß mit dem Gejammer um Kathrin. Produzieren steht nun auf dem Plan. Ideen für Tracks habe ich total viele. Und Samples habe ich auch zur Genüge, schließlich sammle ich seit zwei Jahren jeden freistehenden Drum-Track und alle möglichen Sounds, die mir auffallen und verwertbar erscheinen. Erst mal die Technik beherrschen lernen, dann klappt es schon. Das wird zwar anfangs sehr mühsam sein, aber geschenkt bekommt man ja bekanntlicherweise nichts. Der Fame, der ist dabei zunächst mal voll egal, es geht mir eigentlich um etwas ganz anderes: die Musik. Ich werde immer unzufriedener mit den Platten, die ich in den Plattenläden finde. Es gibt fast nichts, was mich richtig interessiert. Alter Jazz, Dub und Funk – okay, aber an neuen Sachen kickt mich wirklich nur wenig. Ich befürchte, wenn das so weitergeht, werde ich in einem halben Jahr nur noch Tunes spielen, die ein paar Jahre auf dem Buckel haben. Höchste Zeit also, selbst Musik zu machen. Denn der Style und der Sound, den ich von tiefstem Herzen spielen möchte, den gibt's nur in meinem Kopf und noch nicht auf meinem Plattenteller.

Marc

Ich habe Post von Hawking bekommen. Und was für welche! Als ich den Schlüssel ins Briefkastenschloß steckte, fiel mir ein süßlicher Geruch auf. Ich dachte mir nichts dabei und schloß auf. Da fiel sie mir vor die Füße: eine tote, weiße Ratte.

Igitt! In ihrem Schädel steckte ein Bleistift. Zum einen Ohr rein, zum anderen raus. Aus den Löchern tropfte blutiger Glibber. Wahrscheinlich das Gehirn. Auf die spitzen, weißen Zähnchen war ein Papierschnipsel gespießt. Ein Fetzen Postreklame: »Schreib mal wieder!«

Komischerweise blieb ich ruhig. Der Schock schenkte mir einen kristallklaren Kopf. Ich sagte mir: »Okay, das ist eine Drohung. Nicht mehr und nicht weniger. Also lauert niemand in meiner Wohnung. Also kann ich in Ruhe meine Sachen packen. Also mache ich die Biege. Also ziehe ich zu Kathrin.«

Bei meinen Nachbarn brannte Licht. Zur Not hätte ich einfach geschrien. Glücklicherweise war das nicht nötig. Meine Wohnung war leer wie immer. Ich schloß von innen ab. Viel zu packen gab es nicht. Ich drehte das Gas ab und schloß die Fenster. Mit Ghettoblaster und Lederkoffer lief ich zum Taxistand. Nachdem ich dem Fahrer Kathrins Adresse genannt hatte, ging es los: Ich fing am ganzen Körper an zu zittern. Fast hätte ich im Taxi losgeflennt. Die ganze Fahrt über biß ich mir auf die Lippen. Wortlos zahlte ich und wankte zum Hauseingang. Ich klingelte und hauchte ein »Hallo« in die Sprechanlage. Oben bei Kathrin fiel ich wie ein Stein in ihr Bett. Ich starrte an die Zimmerdecke und erzählte die üblen Neuigkeiten.

Kai

Vorhin habe ich mich mit Christoph und der Ex-Schwangeren im *Schwarzen Raben* getroffen. Das war echt ganz nett und Christoph freut sich schon voll, daß ich Vater werde. Der findet das total spannend und mir tut es gut, daß er sich so um mich kümmert und mich ernst nimmt. Die Ex-Schwangere fand ich zuerst auch nett. Aber dann hat sie plötzlich angefangen, endlos rumzujammern. Da habe ich wieder Angst bekommen. Das ging ununterbrochen so: »In der Schwangerschaft drehen echt alle Frauen durch. Echt alle. Das ist ganz normal. Die müssen ja auch erst mal raffen, was mit ihrem Körper passiert. Außerdem haben die unter totalen Hormonausschüttungen zu leiden. Das ist ja schlimmer als in der Pubertät. Viel schlimmer. Das muß man sich mal reinziehen. Ich jedenfalls bin total durchgedreht. Richtig durchgedreht. Ich konnte nicht mal mehr meinen Freund riechen. Immer wenn der zur Tür reingekommen ist, ist mir voll schlecht geworden und dann mußte ich mich prompt übergeben. Das war voll eklig. Ich meine, schrecklich. Mir ist echt total schlecht geworden, wenn der mir zu nahe gekommen ist. Na ja. Wahrscheinlich war das schon so ein Zeichen, daß wir einfach nicht zueinander passen. Jetzt sind wir ja auch nicht mehr zusammen und mir wird immer noch schlecht, wenn ich den sehe. Mann, was für ein Idiot. Was für ein Idiot! Manchmal frage ich mich echt, wie ich mit dem dieses Kind zeugen konnte. Ein Glück sieht es seinem Vater nicht ähnlich. Sonst würde mir wahrscheinlich bei dem Anblick von meinem eigenen Kind auch noch schlecht werden. Ich bin bloß froh, daß ich dem nicht noch die Hälfte vom Sorgerecht zugesichert habe. Das wäre ja jetzt echt die totale Katastrophe. Die totale Katastrophe. Zieht euch das mal rein. Dann könnte der jetzt frei über mein Kind verfügen. Nee, echt. Gott bewahre!«

Und so ging das immer weiter, endlos. Ich habe total Schiß gekriegt und da mußte ich einfach gehen. Die Frau hatte aber auch wirklich keine Klasse. Christoph ist noch hinterhergekommen und hat versucht, das Ganze zu relativieren. Er hat gesagt: »Mann, laß dich nicht verunsichern. Mit Sophie läuft das bestimmt anders!« »Kann ich mir dein Auto leihen?« habe ich nur noch gefragt. Ich konnte echt nichts mehr aufnehmen. Christoph hat genickt und »Klar!« gesagt, weil er, glaube ich, ein schlechtes Gewissen hatte. Ich bin dann in sein Auto gestiegen und direkt nach Hamburg im Sonnenuntergang über die Autobahn zu meinen Eltern gefahren.

Die haben vielleicht geguckt, als ich plötzlich vor der Tür stand, und natürlich sofort geblickt, daß was nicht stimmt, und meine Mutter hat gesagt: »Ich habe es die ganze Zeit gewußt!« Und dann hat sie blöde rumtriumphiert und sich fast ein bißchen gefreut, daß ich so durch den Wind war. Mein Vater ist gelassen geblieben, hat gesagt: »Dann lasse ich euch mal alleine!« und hat den Rasen gemäht.
Jetzt sitze ich im Wohnzimmer auf dem Sofa, sehe in den Garten, meine Mutter kocht in der Küche Tee, auf dem Tisch steht eine Vase mit Blumen, ich fühle mich wieder wie fünf und ich weiß nicht, wann Christoph sein Auto wiederhaben will.

28. TAG

David

Das mit dem Musikmachen ist doch schwieriger, als ich gedacht habe. Als ich gestern nachmittag endlich alles verkabelt hatte, mußte ich feststellen, daß ich bei der Synchronisation aller Geräte durch einfaches Rumprobieren nicht viel erreichen werde. Das heißt, ich muß systematisch jedes Handbuch durchgehen. Der Synthesizer, das geht ja noch, aber der Sampler! Uiuiuiui! Damit werde ich in den nächsten Wochen sicherlich tausend Stunden verbringen müssen. Immerhin: Mit dem Sampler ist mir bereits ein Loop gelungen. Ein zweisekündiger Soundfitzel von Eddie Harris, diesem Seventies-Saxophonisten, einfach ein bißchen vorne und hinten abgeschnitten, geloopt und justiert, und schon ist ein Baustein eines möglichen Tracks gemacht. Jetzt fehlen noch etwa dreißig Klänge, eine gute Bassline, ein kickender Beat und schließlich ein ordentliches Arrangement, dann dürfte die erste Nummer fertig sein. Wie das insgesamt bei mir klingen sollte, da habe ich schon ganz deutliche Vorstellungen. Die New Yorker Funk/Punk/Rap-Schule von 1978-82. Die Zeit der frühen Talking Heads, ESG, Blondie, DJ Kool Herc, Grandmaster Flash, Jean Michel Basquiat, aber mit zeitgenössischem Groove. Mit Live-Sounds, aber doch elektronisch. Rockig, aber mit einer Menge Vibes. Und als kleinen Zusatz ein bißchen Dub, aber nur spärlich. Vor allem sollte die Musik DJ-freundlich sein. Mit langem Intro, ein paar Breaks, einem langen Outro und jeder Track mindestens sechs Minuten lang.

Diese Musikfriemelei macht einen Heidenspaß und ist ein idealer Zeitvertreib, um Liebeskummer und Sehnsucht zu kompensieren. Würde ich jetzt zufällig im Supermarkt eine super Frau kennenlernen, hätte ich den Trouble um Kathrin spätestens nächste Woche vergessen. Aber so etwas passiert ja leider nur im Film.

Marc

Kathrin hat recht: Ich muß mutiger sein! Ich darf mich von Hawking nicht einschüchtern lassen. Einfach die letzten drei Tage durchstehen und in Japan lachen wir drüber.

Doch wie soll ich konkret reagieren? Wir haben hin und her überlegt. Garantiert wird Hawking sich mit der Rückzahlung seiner 5000 nicht zufriedengeben. Wahrscheinlich wird er für seine blöde Ratte noch Mahnkosten berechnen. Schlimmstenfalls fordert er seinen ganzen Verdienstausfall, also noch mal 5000. Soviel hab ich gar nicht mehr. Also meinte Kathrin, wir sollten ihn komplett ablinken. Doch mir ist das zu heikel. Am Ende schieben seine Leute mir wirklich noch den Bleistift rein. Oder folgen mir nach Japan und spicken mich mit Eßstäbchen. Das ist die Sache wirklich nicht wert. Ich bin doch nicht wahnsinnig. Nein, Hawking bekommt seine 5000 Vorschuß zurück, nicht mehr und nicht weniger. Basta. Auch wenn Kathrin das feige findet. Ich bin halt nicht *He-Man.* Allerdings scheint sie so was wie *She-Woman* zu sein. Sie ist wirklich tough. Hat sich sofort bereit erklärt, als Geldkurier meine 5000 zu Hawking ins *Obst & Gemüse* zu bringen. Vor einer Stunde ist sie los. Meine süße Superheldin!

Gerade hab ich kurz mit David telefoniert. Meine Pleite mit Hawking hat ihn erst schockiert, dann mußte er darüber lachen. Ich solle mir keine Sorgen machen, Hawking sei ein Softie. Hoffentlich hat er recht.

Kai

Eben habe ich mit Christoph gesprochen. Der braucht sein Auto heute abend schon wieder. Darum muß ich gleich mal los. Meine Mutter ist ganz traurig, daß ich nur für eine Nacht geblieben bin. So oft sehen wir uns ja auch nicht. Also sage ich, daß ich bestimmt bald wiederkomme, und mein Vater sichert mir Geld zu, damit ich mir um mich und das Kind keine Sorgen machen muß. Eigentlich freuen sich meine Eltern richtig, daß ich Vater werde, obwohl sie natürlich auch Panik haben, daß sie mein Kind nie zu Gesicht bekommen, falls Sophie sich weigert. Deswegen hat meine Mutter schon überlegt, mal mit Sophie von Frau zu Frau zu reden. Aber da sage ich lieber: »Danke, nein!« Das kommt ja total kindergartenmäßig rüber. Ich schaffe das schon alleine. Das muß man sich nur mal vorstellen. Meine Mutter sitzt mit Sophie zusammen auf meinem Bett, meine Mutter lächelt milde und versucht, die Cowboy-Sophie zur Vernunft zu bringen. Hilfe. Das ist ja eine richtige Horrorvorstellung.

Meine Eltern stehen im Vorgarten zwischen ihren bunten Blumen, meine Mutter verkneift sich die Tränen und mein Vater steckt mir noch einen Hunderter zu. Es riecht nach frisch geschnittenem Gras. Die Goldfische paddeln im seichten Wasser um die Wette. Meine Mutter hat neue Hausschuhe und ich steige in Christophs Auto.

Ich schiebe jetzt das DJ-Shadow-Tape von Christoph rein, setze mir seine Stüssi-Sonnenbrille auf, drücke aufs Gas und höre unter mir die Räder über den warmen Asphalt rauschen. Ist doch chic. Da braucht man wirklich keinen Unfall zu bauen.

Meine Eltern winken mir im Rückspiegel nach. Ich winke auch, blinke nach links, nicke dem Nachbarn mit dem Fahrrad zu und freue mich über die grünen Bäume am Straßenrand.

29. TAG

David

Heute nacht nur von Zahlen, Reglern, Funktionen geträumt. Und Loops. Um 10 Uhr konnte ich nicht mehr weiterschlafen. Aber ich mußte sowieso aufstehen. Sophie hat nämlich heute Geburtstag gefeiert und ich hatte versprochen, ihr zu helfen. Tisch decken, Kaffee kochen usw. Um zwei war Sophies Wohnung packed. Die ganze Blase war wieder zusammen. Klassentreffen. Kathrin war auch da. Der habe ich nur kurz »Hallo!« gesagt. Und dann kam Kai. Überraschenderweise. Eigentlich hatte Sophie ihn schon endgültig abgeschrieben. Durchgedreht und in die Hosen gemacht, wegen Vaterwerden usw. Und dann stand er ausgerechnet heute vor der Tür. Ich habe kein Wort gesagt. Sophie muß selbst entscheiden. Es war ihr Geburtstag und es ist ihr Leben.

Bestimmt habe ich etwas komisch aus der Wäsche geschaut, als mir Tobias steckte, daß Marc mit Kathrin zusammen nach Tokio fliegt. Kurz flammte Eifersucht in mir auf. Daß sie so weit gehen würde, hätte ich nicht gedacht. Vor allem, weil es ihr vor drei Tagen angeblich noch so schlechtging. Mit mir wollte sie nie verreisen.

Scheinbar geht es nie ohne Dämpfer. Man versucht mit aller Kraft aus dem dunkelsten Loch seiner Seele emporzusteigen, verliert auf halbem Weg den Mut, atmet tief durch, gibt sich noch einen letzten Ruck, erklimmt den rettenden Rand, krallt sich mit den Fingernägeln fest, glaubt, es geschafft zu haben, und gerade, wenn man sich mit Müh und Not auf die rettende Erde zieht, tritt einem jemand gewaltig auf die Pfoten.

AUA!

So natürlich auch mir. Ich habe mir vorgenommen, diesen Lebensmut an Sophie weiterzugeben, vor ihrer Tür zu stehen und zu lächeln, sie in die Arme zu nehmen und zu sagen: »Dir widme ich meinen ersten Roman. Du bist die Frau, mit der ich alt werden will. Ich bin bereit, mit dir durch alle Höhen und Tiefen, die das Leben für uns bereithält, zu gehen. Ich-liebe-dich!«

Schön, nicht wahr?

Ja, und da stand ich nun vor Sophies Tür und hatte keine Ahnung, daß sie heute Geburtstag hat. David öffnet mir, tritt zur Seite und gibt den Blick auf eine festlich gedeckte Frühstückstafel mit fünfzehn Gästen frei.

Aber ich bin cool geblieben!

Ich bin einfach reingegangen und habe gedacht, das

ist wieder so eine Prüfung. Diese Prüfung muß ich auch noch bestehen, um auf den nächsten Level zu gelangen. Dies ist einfach ein verdammt abgefucktes Computerspiel und ich habe keine Lust zu verlieren. Ich werde gewinnen. Ich bin Zelda: »Willst du das Mädchen retten? Oder nur wie eins spielen?«

»Ich will das Mädchen retten!«

Ich habe mich einfach dazugesetzt und David hat die Tür hinter mir geschlossen. Marc saß auch da rum. Der war total nett und hat das peinliche Schweigen gebrochen. »Hallo Kai!« Alle wußten natürlich Bescheid und haben blöde hinter meinem Rücken rumgeflüstert: »Das ist der Vater!« und »Was will der denn hier? Sophie hat den doch gar nicht eingeladen!« Weiß ich selber, daß Sophie nichts mehr von mir will. Aber Marc hat richtig Mut bewiesen. Hat gleich seinen Stuhl neben meinen gestellt und mir ein Glas heißen Reiswein eingegossen. »Da ist ja der Herr Papa!« hat er gesagt. Marc ist echt okay! Und Sophie hat gefragt: »Willst du einen Teller haben?« Ich habe »Ja, bitte!« gesagt und dann habe ich mich darauf gefreut, Sophie später meine Liebe und Zuneigung zu gestehen. So ein bißchen wie bei Effi Briest, wo der alte Knacker der lütten Effi seine innigste Ergebenheit offenbart.

Das ist Romantik.

Marc

Unsere Japan-Pläne haben blitzschnell die Runde gemacht. Heute riefen alle möglichen Leute an, beglückwünschten mich und faxten ihre Einkaufslisten durch. Platten, Spiele, Kameras, Kimonos, Geschirr – wahrscheinlich werden wir für die Rückreise einen Frachter chartern müssen. Die längste Liste kam natürlich von Andreas, dem Vampir. Trotzdem hab ich mich über seinen Anruf gefreut. Wer weiß, ob ich seine kleinen, spitzen Zähnchen in Tokio nicht vermissen werde? Immerhin gab er uns eine Kontaktadresse zum Übernachten.

Seitdem Hawking seine Kohle hat, fühle ich mich wieder etwas sicherer. Der soll sich nicht so anstellen. Wenn er meine Wohnung mit Graffiti stylen möchte, während ich in Japan bin, bitte. Noch dreißig Stunden bis zum Abflug, solange halte ich durch. Vorhin auf dem Weg zu Sophies Geburtstag hatte ich zum ersten Mal Spaß an meinem Agenten-Dasein. Mit Sonnenbrille und Basecap huschte ich durch die Straßen. Vollgepumpt mit Adrenalin und ständig mit der Hand an meinem Schweizer Taschenmesser. Da stellen sich drei Inlineskater quer und blockieren den Bürgersteig – Hawkings Rollkommando? Eine Straßenbahn bleibt stehen und fährt zehn Meter rückwärts – steckt Hawking dahinter?

Ich habe Reiswein mitgebracht und mich bei der Gelegenheit von allen verabschiedet. David hatte einen Stapel Bücher dabei. Damit kann ich in Japan seine Arbeit starten. Fast hätte es noch einen Eklat gegeben, als plötzlich Kai in der Tür stand. Knallrot und sprachlos, uns alle zu sehen. Sophie hatte ihn nämlich nicht eingeladen. Zum Glück war ich so voller Harmoniehormone, daß ich die Situation entspannen konnte. Sanft wie ein Pastor auf Valium hab ich auf die beiden eingewirkt. »Füttert euch mit Pflaumenkuchen und seid soft wie Schlagsahne!« Genauso geschah es.

Nur Kathrins Handy war superhektisch drauf und fiepste alle drei Minuten. Sie will unbedingt vor unserem Abflug den Fernseh-Deal perfekt machen.

30. TAG

Marc

Die Kirschblüten auf Kathrins Fensterbank sind verwelkt. Ein böses Omen? Sie liegt neben mir. Sie lächelt im Schlaf. Ein Engel, der morgen abend nicht mitfliegen wird. Sie will in einer Woche nachkommen. Erst will sie den Fernsehauftrag abchecken. Jetzt quält mich ein mieser Verdacht: Ist ihr die Reportage wichtiger als ich? Oder bin ich paranoid? Ja, hoffentlich! Ja, ganz bestimmt! Ich kann doch froh sein, wenn sie in Japan genauso arbeiten kann wie ich. Warum verliere ich gleich die Nerven?

Schlafen fällt aus. Ich werde meine Angst nicht los. Jetzt probier ich mal die Worst-Case-Strategie: Was ist, wenn sie mich wirklich versetzt und nicht nachkommt? Bin ich dann ein gutgläubiger Idiot, der sich lebenslänglich von einer Enttäuschung in die nächste schleppen wird? Nein! Ich will nicht leben wie ein Kühlschrank, nur damit ich nicht verletzt werde.

Strategie hin oder her, ich bin in Kathrin verliebt! Ich fühle es so stark, daß es sie anstecken muß. Schließlich liegt sie direkt neben mir. Sie muß einfach mitkommen! Ich wecke sie jetzt auf und rede mit ihr noch mal über alles!

Kai

Heute morgen, als Sophie noch geschlafen hat, habe ich heimlich mein Ohr auf ihren Bauch gelegt und ich bin mir sicher, unser Kind hat gestrampelt. Auch wenn Muttchen hinterher behauptet hat, daß das Quatsch ist. Aber ich habe etwas gespürt. Und wenn es nur eine Art Telepathie zwischen mir und dem kleinen Menschlein in Sophies Körper war.

Fast macht es einem angst, weil man sich plötzlich wie eine Hummel vorkommt, die sich in eine süße Blüte setzt und dafür sorgt, daß der Samen irgendwelche Eier befruchtet. Mir wird klar, daß sich der Mensch kaum vom Tier unterscheidet. Das Leben kommt und das Leben geht und man befindet sich in einem unaufhaltsamen Kreislauf und kann nichts dagegen tun, daß man irgendwann »Good bye!« sagen muß. Ein seltsamer Gedanke. Sophie findet das auch und darum haben wir vorhin plötzlich Panik bekommen, uns wieder auf ihr Bett gelegt, die Vorhänge zugezogen, obwohl draußen allerliebst die Sonne scheint, und haben uns aneinander festgeklammert. So fest habe ich mich in meinem ganzen Leben noch nie an jemandem festgeklammert. Nicht mal an meiner Angel, als ich in Schweden diesen Hecht gefangen habe.

Jedenfalls werde ich in meinem Roman mindestens ein Kapitel dem Thema Kreislauf, der Weg der Welt, Leben und Sterben widmen. Mann. Davor habe ich ja jetzt schon Angst, weil das alles so bedrückend ist, jetzt wo die Jugend vorbei ist. Nun beginnt der Ernst des Lebens. Und ist noch irgend etwas lustig daran?

Sophie und ich wissen es nicht. Darum schließen wir die Augen und wünschen uns eine riesengroße Pille Valium 10.

Sophie schläft. Ich bin gerade wieder aufgewacht, habe gegen die dunkle Wand gestarrt und über meinen Traum nachgedacht. Ich habe geträumt, Gerhard Schröder gesteht im Fernsehen, daß er computerspielabhängig ist. Natürlich habe ich mich zuerst gefragt, warum ich so etwas träume. Aber dann ist es mir klargeworden: Sogar Gerhard Schröder versucht dem unausweichlichen Tod zu entfliehen, indem er sein Computerspiel perfektioniert und unbesiegbar wird. Das ist was.

David

Kathrin stand heute vor meiner Tür. Dressed up in Miu Miu. Ein wirklich fabelhafter Fummel. Und die Schuhe! Boah! Für einen kurzen Moment rätselte ich, wo sie die Kohle dafür wohl herhatte. Vielleicht ein lukrativer Job in Aussicht? Sie sah jedenfalls umwerfend aus, auch mit verheultem Gesicht. Ihr ging es offensichtlich nicht besonders gut. Mir ja eigentlich auch nicht. Aber ich hatte sie, vor allem seitdem ich das neue Equipment habe, irgendwie schon ein bißchen vergessen. Oder besser: verdrängt. Sie sagte, sie müsse noch mal mit mir reden. Sie liebe mich noch immer und ich sei ihr sehr wichtig. Außerdem baggere Marc an ihr. Das sei ihr alles zuviel. Irgendwie tat sie mir leid. Aber ich meinte nur, daß ich absolut keine Lust mehr hätte auf Heartbreak Hotel. Punkt, aus. Etwas scheiße kam ich mir schon vor, weil ich mich am liebsten mit ihr ins Bett gelegt und gekuschelt hätte, aber ich schickte sie weg. Toll habe ich mich wirklich nicht gefühlt, doch ich war mir sicher, das Richtige getan zu haben. Als ich wieder vor meinem Monitor saß, wunderte ich mich über meine Entschlossenheit. Ein schlechtes Gewissen hatte ich trotzdem. Poor Kathrin. *But don't take it too personal, Baby!*

31. TAG

Kai

Sophie und ich sitzen im *Eiscafé* in den Schönhauser Arkaden und essen den Eisbecher »La dolce vita«. Wir finden, den haben wir uns verdient. Gerade füttert mich Sophie mit einer kalten Amarena-Kirsche. Die mag ich besonders gerne. Dafür gibt es für Sophie einen Biß von der vertrockneten Waffel. Es bröselt. Sophie und ich lachen. Die Leute sehen uns an. Es hat sich viel verändert. Heute sind wir wieder gut gelaunt und ich glaube, ich nenne meinen Roman: »La dolce vita!« – Das süße Leben.

David

Wieder nur von Zahlen, Reglern, Loops und Funktionen geträumt. Und von Melodien, die über die Loops gespielt werden können. Komponieren im Schlaf. Das habe ich mir immer gewünscht. Aber wie setze ich das um? Als ich heute morgen aufwachte, kreiste mir zum Glück noch die eine Melodie im Kopf, die ideal zu dem Fugazi-Sample passen würde, das ich neulich ausgegraben habe. Die Melodie hatte eine ganz eigenartige Harmonie, die ich beim Aufstehen erst mal pfeifen lernen mußte und immerzu wiederholte. Im Kopf loopte dazu das Fugazi-Sample. Da habe ich mich gleich ans Keyboard gesetzt und versucht, die Melodie aus dem Schlaf in die Tasten zu hauen, sie schließlich aufgenommen und mit dem Fugazi-Sample kombiniert. Es paßte. Leiwand!

Marc

Ich liebe das sanfte Donnern startender Flugzeugtriebwerke! Was für eine wunderbar zärtliche Explosion! Wow, und was ich dafür alles verheizt habe! Meine Wohnung, meinen Arbeitgeber, meine Geliebte!

Ja, meine Affäre mit Kathrin ist leider auf dem Rollfeld geblieben. In letzter Sekunde bekam unsere Beziehung Flugangst. Erst wollte ich es nicht wahrhaben und habe alles versucht, Kathrin umzustimmen. Keine Chance. Sie meinte, sie brauche mal eine Männerpause. Zeit für sich selbst und für ihre Karriere. Was bei ihr wohl ein und dasselbe ist. Business-Braut! Soll sie von mir aus in Berlin versauern. Zum Glück haben Jumbo-Jets keinen Rückspiegel!

Endlich über der Wolkendecke. Captain Teshigawara macht seine Ansage. Flugzeit achtzehn Stunden. Die Stewardeß fragt, was ich trinken möchte.
»Haben Sie Kirschsaft?«
Lächelnd schüttelt sie den Kopf.
»Okay, dann bitte eine Cherry Coke.«

Den Tod seiner Mutter nahm Yoram Kaniuk, der weltweit bekannteste hebräische Schriftsteller, zum Anlaß, die Lebensgeschichte seiner Eltern zu beschreiben. Sein Vater und seine Mutter lernen sich in Palästina kennen: Sarah ist aus Odessa eingewandert, und Vater Mosche hat sich in Berlin als Kaffeehausgeiger durchgeschlagen. Beide können in Israel nicht heimisch werden – zu intensiv sind die Bande an die deutsche Kultur. Ein ergreifendes Buch voll bewegender biographischer Bilder.

»Ein von den Füßen auf den Kopf gestellter Shakespeare – Yoram Kaniuk ist unstreitig einer der größten Schriftsteller unserer Zeit.«
L'Arche

»Kaniuk verbindet ein höchst raffiniertes Enthüllungsspiel mit dem sehr archaischen, sehr biblischen Motiv der Rache.«
Der Tagesspiegel

Yoram Kaniuk

Das Glück im Exil
Roman

Econ | Ullstein | List

B23

Während der gemeinsamen Jugendjahre versorgt die vor Lebendigkeit und Phantasie übersprudelnde Kitty ihre Freundin mit immer neuen, amüsanten Rollenspielen. Die Abhängigkeit, in die Augusta dadurch gerät, schmeichelt Kitty, aber als dann erstmals erwachsene Ansprüche ins Spiel kommen, verliert Kitty den Überblick und damit ihren Einfluß. Augustas vielfältige Versuche, mit Männern zu leben, enden in einer Reihe von Katastrophen. Als sie völlig aus den Gleisen gerät, übernimmt Kitty wieder die Führung – ihrer beider Leben will sie von nun an in die Hand nehmen. Zuerst sucht sie für Augusta einen Ehemann, der die Beziehung der beiden Frauen nicht stört. Dann geht sie einen dramatischen Schritt weiter, und daran droht die Liebe der beiden Frauen schließlich zu zerbrechen.

Helga Hegewisch

Kitty und Augusta

Roman

Eine Atmosphäre voller Phantasie und voller überquellender Gefühle und übersteigerter Ansprüche. Ein Buch über Frauen – aufregend, sinnlich, mitunter erschreckend –, aber natürlich auch für Männer reizvoll. Reizvoll wie der Zauber, den schöne, kluge Frauen ausstrahlen.

Econ | Ullstein | List

B55